魔人铜锣

〔日〕江户川乱步　著

叶荣鼎　译

山东画报出版社

译者序

　　红极一时的日本动漫《名侦探柯南》的作者漫画家青山刚昌，孩提时代曾是江户川乱步的超级追星族，他笔下的主人公江户川柯南的姓就取自日本推理文学鼻祖江户川乱步，名则取自英国的柯南·道尔。

　　日本作家历来都有用笔名的传统，江户川乱步本名平井太郎，早年就读于早稻田大学经济学专业，江户川就在早稻田大学旁边。巧合的是，"江户川"的日式英语发音"edogawa（爱多嘎娃）"，与"Edgar a-（埃德加·爱）"的发音极其相似；

"乱步"的日式英语发音"ranpo（兰波）"，与"llan Poe（伦·坡）"的发音又十分相近，故而决定以"江户川乱步"为笔名。从此，这个名字陪他度过了四十年推理文学创作生涯，也成为日本推理文学史上不可逾越的高峰。

1923年，乱步在《新青年》杂志上发表处女作《二钱铜币》，引发轰动。当时的编者按这样写道："我们经常这样说，《新青年》杂志上总有一天将刊登本国作者创作的侦探小说，并且远远高于欧美侦探小说的创作水平。今天，我们终于盼来了这一兴奋时刻。《二钱铜币》果然不负众望，博采外国作品之长，水平遥遥领先于外国名作。我们深信，广大读者看了这篇小说后一定会深以为然，拍案叫绝。作者是谁？是首位登上日本侦探文坛的江户川乱步。"

1925年，乱步发表小说《D坂杀人事件》，成功塑造了日本推理文学史上的第一位名侦探——明智小五郎。其后，他又陆续创作了《怪盗二十面相》《少年侦探团》等脍炙人口的作品，其中的"怪盗二十面相""少年侦探团"等角色已经突破了类型文学的束缚，成为世界文学史上的典型形象，先后多次被搬上各种舞台，改编成各种各样的影视、动漫作品。

第二次世界大战爆发后，江户川乱步因作品被禁止出版，投笔抗议，公开发表《作者的话》："我撰写的小说主要是把侦探、推理、探险、幻想和魔术结合在一起，让读者富有想象力和创造力。人类必须怀有伟大的梦想，经过不断的努力，才会创造出伟大的时代。没有梦想，没有幻想，就没有科学。历史已经证明，科学的进步多取决于天才的幻想和不懈努力。科学进步了，人民才会过上好日子。可是今天的战争，毁掉了科学，毁掉了人民的梦想，日本人民将会被一个不剩地当作炮灰，却还是避免不了失败的结局。"

1947年，日本侦探作家俱乐部成立，乱步被推举为主席。俱乐部在1963年改组为日本推理作家协会，至今仍是日本最权威的推理作家机构。1954年，乱步在六十大寿之际，个人出资100万日元，设立"江户川乱步奖"，用以激励年轻作家。在之后的半个多世纪里，以东野圭吾为代表的一大批优秀的日本推理文学作家通过这个奖项脱颖而出，他们的成绩也使得"江户川乱步奖"成为日本推理文坛最权威的大奖。

1961年，为表彰乱步在推理文学界的杰出贡献，日本政府为其颁发"紫绶褒勋章"（授予学术、艺术、运动领域中贡献卓著的人）。1965年，乱步突发脑出血去世，获赠正五位勋三等瑞宝章。为纪念乱步，名张市建有"江户川乱步纪念碑"与"江户川乱步纪念馆"，丰岛区设有"江户川乱步文学馆"，供日本与世界的爱好者与学者瞻仰和研究。

《江户川乱步全集》作为乱步作品之集大成者，先后出版了多个版本，加印数十次，总印数超过一亿册，迄今已有英、法、德、俄、中五大语种版本问世。衷心希望诸位读者能够通过这一版的中文译本，回望日本推理文学的滥觞，领略一代文学大家的风采。

是为序。

2021年元旦于上海虹桥东华美寓所

目　录

侦探姐姐

　　万里无云，烈日当头，炽热的阳光把大地炙烤得滚烫。空旷的广场上，仿佛升腾起白雾。广场中央，聚集着十几个小学五、六年级和初中一、二年的学生。其中有一个女孩，特别引人注目，她端庄秀丽，楚楚动人。说她是少年们的老师呢，她似乎太年轻；说她是少年们的同学呢，她仿佛又稍年长了一些。她已经高中毕业，是这群学生的大姐姐。今天，她身穿紫红色连衣裙，脸上堆满笑容，非常兴奋。

　　站在她身边的是少年侦探团团长小林芳雄。

此刻，他正面朝大家说："今天请大家到这里来，是为了向大家介绍一下我的姐姐。"这些朝气蓬勃、意气风发的少年，都是少年侦探团的成员。少年侦探们以团长小林芳雄和这位姐姐为中心，围成一个大圈，瞪大眼睛好奇地打量着这个亭亭玉立的姐姐。

"我称她姐姐，因为她比我大几岁。她是明智先生的新徒弟，也就是少女助手。"说到这里，小林芳雄有点儿不好意思，他将右手很不自然地伸到头顶上，模仿明智大侦探的经典动作，搔了搔头发。

然后，他干咳了两声，清了清嗓子："我不是先生的少年助手嘛，那么这位姐姐就应该是少女助手吧？姐姐的名字叫花崎真由美。请大家别忘记哟！"说到这里，真由美小姐彬彬有礼地朝大家弯腰鞠了一个躬。

小林芳雄继续说道："真由美姐姐是明智先生的外甥女，也就是明智夫人的姐姐的女儿。是不是有点儿绕？还是请真由美姐姐自己介绍吧。"

真由美姐姐接过小林芳雄的话，柔声细语地

说道："好的，我自己来介绍。明智先生是我的姨父，明智夫人是我的姨妈。我姓花崎，名叫真由美。我从很小就很喜欢侦探这个工作，希望长大后能当一名受人尊敬的侦探。于是，我高中毕业后没有上大学学习。我想先担任明智先生的助手，等有了实践经验，再到大学的侦探专业深造。我父母也都同意我的计划。按照小林芳雄的说法，大家今后就叫我姐姐吧。各位少年侦探，往后还希望大家多多关照哟！"

"从今以后，您就是我们的姐姐啦！"野吕一平喜不自禁地大声嚷了起来。野吕一平是小学六年级的学生，可他的个头跟四年级的学生差不多。他不仅力气小，还是少年侦探团里出了名的胆小鬼。不过，他脑瓜子灵活，鬼点子不少，动作也很灵敏。他崇拜小林团长，软磨硬泡才加入了少年侦探团。野吕一平幽默、诙谐，人缘好，大家都很喜欢他。

"好，大家叫我姐姐我真是太高兴了！"真由美姐姐的话音刚落，少年们都高兴地欢呼起来。

"我对侦探工作的热爱一点儿都不比大家少。我爸爸叫花崎俊夫，是东京检察厅的一名检察官，他也教了我一些侦查案件的知识。爸爸有位朋友是法医，我还跟这位叔叔学习了一点儿法医方面的知识。我长大了想当一名女侦探，尽管爸爸说我有点儿自大，可我决心已定。今后还请大家帮帮我，让我成为侦探团的编外侦探！"

"不对，不是编外侦探，是我们的侦探姐姐！侦探姐姐万岁！"野吕一平带头呼喊起来。

"侦探姐姐万岁！"少年侦探们大声附和。

经小林团长提议，全体少年侦探一致同意让真由美姐姐出任少年侦探团的顾问。大家高兴极了，往后的日子里，少年侦探团有了一位这么漂亮的姐姐，还是顾问，真是太有趣了！

火辣辣的太阳底下，真由美姐姐和少年们的见面会就这样结束了。今天，是少年侦探团特殊的一天，也是大家难以忘怀的一天。

恐怖的钟声

四五天后的一天晚上，少年侦探井上一郎和野吕一平跟井上一郎的爸爸在银座大街逛街。

井上一郎和野吕一平两人亲如兄弟，无话不谈。在少年侦探团里，井上一郎是大力士，而野吕一平不仅力气小，还是个胆小鬼。然而，反差如此之大的两个人却是一对投缘的好朋友，大家也都觉得不可思议。

井上一郎的爸爸曾是拳击运动员，如今还在国家拳击协会担任职务。因此，他家门庭若市，经常有许多拳击运动员和拳击爱好者进进出出。

井上一郎喜欢挤在大人堆里向他们讨教，学习拳击要领。因此，他练就了强壮的臂力和高超的拳技。在同年级学生里，他的身手最好。野吕一平也经常到井上一郎家玩。今天，井上一郎的爸爸带着井上一郎和野吕一平两人一起去电影院看电影，回家的路上，他邀请两个孩子在银座大街一家咖啡馆喝咖啡，随后，他们一起朝新桥地铁站走去。

"瞧，天空在闪光呢，是闪电吗？"野吕一平吃惊地说。他一直很讨厌电闪雷鸣的天气，也许是这个缘故，他很快就联想到闪电。可如果说是闪电，那天空的状态却十分奇怪。夜空中繁星点点，并没有惊天动地的雷声。

"不是闪电，那又是什么呢？"井上一郎眨巴着眼睛，疑惑不解。就在这时，天空中又出现了一道强烈的白光。顿时，银座大街变得白茫茫的。随即，白光又以惊人的速度一闪而过。

"我明白了，那是探照灯，百货公司大楼上装有这种灯。"井上一郎的爸爸一边说，一边安慰受惊的野吕一平。百货公司虽然已经打烊，但楼顶上的探照灯还一直开着。

"又闪了一下，好像是谁在恶作剧！"井上一郎说完，爸爸点点头，脸上也流露出困惑的表情："是啊，太奇怪了，一般探照灯都往天空打啊。"

强烈的灯光照着地面，照亮了整个银座大街。白光出现在新桥上空，眨眼间又在银座大街的电车轨道上空一闪而过，朝京桥方向飞去。银座大街的商店、电车、汽车以及行人，瞬间都被照得煞白。不一会儿，探照灯又闪了一下。这一回是从京桥方向照过来的，当白光出现在井上一郎他们头顶的天空时，正前方那幢高楼被照得如同白色的大型雕塑。

"真可怕！那白光怎么在墙上不走了？瞧，它一直停留在银行大楼上。"野吕一平说话时，声音微微颤抖。

确实奇怪。此时此刻，银行所有的卷帘门早已降下。银行大楼共三层，宽大的外立面被白光照得仿佛电影院里的银幕。白光停住不动了。

三个人不由自主地驻足观望。忽然，被照得雪白的银行大楼外立面上，出现了乌云般的黑影。黑乎乎的，从上到下坑坑洼洼。黑影的轮廓中央部分高高凸出，像小山包。下端则深深凹陷，像小山谷。凹陷处似乎有一扇门，时而张开时而关闭。

"啊呀，是人脸。井上一郎，那是人脸！"野吕一平把手搭在井上一郎的肩膀上，嗓门压得很低很低。

银行大楼的外立面映照出比真人大一千倍的人头侧面。不知是谁的侧面，映在了"特殊银幕"上。那张嘴在动，所以肯定是活人。凹陷的地方是嘴巴，凸起的部分是鼻子。鼻子上面，是凹陷的眼睛。头顶上，是乱蓬蓬的头发。

这时候，银行大楼前面已经不再有行人。可偏偏有一个姑娘，从银行一侧朝门前走去。这姑娘没有察觉到墙上的巨人黑影，只是觉得光线刺眼，有点儿头晕眼花。因为黑影太大，所以走在跟前反而看不见。姑娘身着西装，年纪十七八岁的样子，看起来像一个高中学生。走着走着，不知从哪里传来奇怪的声音："咣……咣……咣……"宛如教堂里的钟声，在银座大街上空拖着长音阵阵回响。

恶魔的笑声

姑娘听到这声音，吓得赶紧抬起头在空中搜寻，那声音好像是从空中传来的。她琢磨半晌，无意间将脸转向银行大楼，黑影映入了她的眼帘。突然，黑影张开大嘴，露出锯齿般的牙齿，眼看就要朝姑娘头上咬去。从远处看，黑影仿佛架在姑娘的头顶上。这时，令人毛骨悚然的声音再次从天而降，并且声音越来越大："咣……咣……咣……"

姑娘大喊一声，拔腿就跑。刚跑出几步，就被绊倒在巨人头下。巨人低下头，张开大嘴咬住姑娘的肩膀。随后又慢慢抬起脑袋，张开大嘴哈哈大笑起来，笑声依然是"咣……咣……咣……"，嘲笑声依旧如教堂里的钟声，响彻夜空。

这到底是怎么回事？姑娘倒地后没有爬起来，她受伤了吗？还是被什么恶魔下毒手了？当然，下毒手的家伙绝对不可能是墙上的黑影。

胆小如鼠的野吕一平，使劲抱住井上一郎爸爸的腰部，将脸埋在井上一郎爸爸背后，不敢正视这可怕的情景。即便如此，他还是能听见恶魔的笑声。

井上一郎没有退缩，他勇敢地注视着。他突然想到了什么，急忙拽住爸爸的袖口说："爸爸，那个倒在地上的姑娘我认识。她被绊倒在地时我才想起来，她是真由美姐姐，是我们少年侦探团的顾问。"

"什么？你说她是什么姐姐？是谁的姐姐？"

"您忘了吗？前几天我不是跟您说了吗？她是明智先生的少女助手，叫真由美，是我们少年侦探团的顾问。"

"是她？！那我们快过去看看！"

爸爸说完，拽着野吕一平的手，穿过电车轨道。井上一郎跟在旁边，他们三个人一起走到对面的人行道上。他们的视线刚触及墙面，三个人便不由自主地停住了。因为墙上的影子发生了变化——巨人的头消失了，取而代之的是巨大的蜘蛛的形象，蜘蛛正在不停地爬行。

"啊呀，那是恶魔的手！大概是想抓真由美姐姐。爸爸，快跑！我们去救她！"井上一郎大声嚷道。

银行大楼的外立面上，是一只巨大的手，此时正朝倒地的真由美身上伸去。这只巨手，比普通人的手要大上一千倍。同时，令人不寒而栗的笑声，又在空中响起。

当他们三人好不容易跑到那里的时候，银行大楼外面的人行道上已经人山人海。不知什么时候，银行大楼外立面变得漆黑一片，白色光束和恶魔黑影消失得无影无踪。井上一郎他们在人群中挤来挤去，费了好大劲儿才挤到真由美身边。井上一郎的爸爸赶紧弯下腰，扶起真由美："真由美，快睁开眼睛，打起精神！你受伤了吗？"

真由美睁开眼睛，如梦初醒。她环视一周，发现了井上一郎和野吕一平，脸上才露出一点儿欣喜的神色："啊呀，你俩是少年侦探团的吧！"

"顾问姐姐，你没有受伤吧？"

"嗯，没有受伤。我不是在做梦吧？我刚才在墙上看见了黑影。"

"那不是梦，刚才墙上确实有黑影。我们也看见了，现在已经消失了。"

"我就是看见那个才被绊倒的。我感觉似乎有什么东西重重地压在我身上，我连气都喘不过来，我还真以为自己被噩梦缠住了。我真没出息，太丢人了！"说完，真由美从地上爬起来，腼腆地笑了。

这时，警察赶来了。井上一郎的爸爸把刚才发生的事情向警察详细叙述了一遍，并告诉警察，真由美是大侦探明智小五郎的新助手。井上一郎的爸爸还说："肯定是哪个家伙恶作剧，操纵百货公司大楼顶上的探照灯，趁天黑制造混乱。这家伙太可恶了！我建议警方迅速搜索百货公司大楼，抓住闹事的家伙。"

警察点点头说："好，我立即与警察局联系，展开搜索。你们几个快把真由美送回家。"

三人喊了一辆出租车，护送真由美回到明智侦探事务所。得知这一情况，一向笑容可掬的明智大侦探立刻严肃起来。

他望了一眼小林芳雄，随后，转过脸对井上一郎的爸爸说："这恐怕不仅仅是恶作剧。你想想，胆敢在热闹的银座大街上胡作非为的家伙，来头肯定不小。我有一种预感，后面兴许还会有更大的阴谋，东京城里或许又将出现惊涛骇浪。警察的搜索肯定一无所获，能干出这事的人没这么容易落网。"

明智大侦探的预感果然正确，警方的确无功而返。警察搜查了百货公司楼顶和每个楼层，甚至连每个角落都搜查了，都没有发现可疑的人。楼顶上的探照灯很明显被人动过了，但其表面及周围没有留下罪犯的指纹和脚印。

大侦探明智小五郎预测，东京城里将发生骇人听闻的事件。

　　果真如此吗？

空中巨脸

　　银座大街黑影事件发生后的第三天半夜，涩谷地铁站附近发生了一件怪事。

　　午夜十二点刚过，阴沉沉的夜空没有一颗星星。涩谷车站附近的闹市区渐渐安静下来，进入一天的尾声。商店、酒吧的灯相继熄灭，只有稀稀拉拉的路灯还发着微弱的光。大街上朦朦胧胧，昏昏沉沉。晚归的人急匆匆往家赶，三三两两地走在商店前的人行道上。

　　午夜十二点十分左右，不知从哪里传来奇怪的声音："咣……咣……咣……"这声音令人们震撼，大家觉得声音好像是从头顶来的，所以都驻足仰望昏暗的天空。这声音由弱到强，由远及近，整个夜空仿佛都在摇晃。这声音与三天前银座大街上空那奇怪的笑声没有区别，可涩谷大街上的这些行人不曾听过那笑声，所以他们时而仰望天空，时而打量周围，一头雾水。

忽然，天空中出现一大团白光。是白云？不可能，深更半夜的，怎么可能出现白色云朵呢？是飞机？不对，形状一点儿也不像。白色的光团呈方形，看起来边长有一百多米，不知道究竟是什么东西。瞧，它还在空中慢悠悠地飘浮。

夜晚走在大街上的人们，都停下了脚步，两眼凝视着夜空。马路上一些偶尔路过的出租车也都停了下来，司机和乘客纷纷打开车窗玻璃探出脑袋望着天空。岗亭前的警察、值班的消防员，也都像木偶一样紧盯着天空。天空中模糊的影子渐渐清晰起来。

"啊，是恶魔的脸！恶魔在笑！"站在大街上仰望天空的人群中，有一个行人指着天空大声喊道。

周围的人听这么一说，都毛骨悚然。恶魔龇牙咧嘴，似笑非笑，吓得人们不敢直视。这张边长一百多米的方形巨脸，几乎占据了整个天空，压在人们头顶上，冲着大伙儿笑个不停。恶魔的眼睛大极了，快有一幢大楼那么大了。巨眼闪闪发光，不时还眨两下。高高的鼻子和宽大的嘴巴比眼睛还要大。那大嘴看起来长三十米左右，一直笑着。大街上这种景象太恐怖了，对于从未经历过的人来说，简直不可想象。深夜的大街上，时不时爆出人们的惊叫声。人们聚集在一起互相壮胆，叫声和唏嘘声此起彼伏。

　　这时，天空又响起了恶魔的笑声："咣……咣……咣……"这笑声似乎试图吞噬人们的惊叫声。空中飘浮着的恶魔的巨脸突然张开巨大的嘴巴，露出一颗颗至少一米长的白色大牙，两侧还有大獠牙。两排牙齿中间，还晃动着暗红色的长舌。人群里又爆发出一阵惊叫声。大家纷纷闭上眼睛，用手捂住两只耳朵。大家再也不想听到这恐怖的声音，再也不想再看到这恐怖的巨脸了。大家蹲在地上，不敢动，也没有人逃跑。大家觉得就算逃也是徒劳，天上的恶魔一定穷追不舍。

不知过了多久，天空中可怕的声音渐渐弱了下来，最后消失了。即便如此，大街上受惊的人们依然没有勇气站起来，更没有胆量抬头望天空。

"恶魔走了！各位先生，各位女士，恶魔的巨脸消失了！"有人大声喊。于是，大家才睁开眼睛仰望天空。天空黑沉沉的，什么也看不见。大家长长地松了一口气，相互望望。趁着空中恶魔没有再现身，大家急忙起身逃往各自的家。

刚才到底发生了什么？涩谷大街上的行人，是在子夜时分共同做了一个噩梦，还是……？夜空中出现边长一百多米的巨脸，难道是真的吗？

其实，这既不是魔法，也不是噩梦。夜空中出现的那个恶魔的巨脸，涩谷大街上的行人都看到了，住在涩谷地区的人们起来开窗眺望时也都看到了。恶作剧的来龙去脉最终是能搞清楚的，恶魔的笑声源自何处也会一清二楚。不过，这都是后话了。

涩谷恐怖事件发生后的第二天，各大报纸、电视台竞相作了报道。可惜案发时没有摄影记者在场，因此，没有任何照片资料。报社请画家根据一些当事人的描述，绘制了一幅画作刊登在报纸上，这起恐怖事件就这样在全日本传开了。

报纸上说，涩谷恐怖事件与之前的银座大街恐怖事件有关联。民众也都很认同，大家都觉得墙上的巨大黑影和空中的白色巨脸背后肯定藏着不可告人的秘密。可秘密到底是什么，谁也说不上来。正如明智大侦探说的那样，东京城里将发生恐怖事件，但恐怖的程度，谁也想象不出。

事情又过去了五天，又一起恐怖事件发生了。这一回不是发生在黑夜，而是发生在大白天。

水中巨脸

　　真由美的爸爸叫花崎俊夫，是东京检察厅小有名气的检察官，他们家在世田谷区有一幢别墅，全家都住在这里。真由美有个弟弟叫花崎俊一，是小学六年级的学生。他与姐姐的兴趣爱好恰恰相反，他害怕冒险，不喜欢侦探，只喜欢看书和学习，为人忠厚老实。

　　某日下午放学回家后，俊一做完作业想休息一下，便来到后院散步。他们家这幢别墅很大，有前院和后院。后院面积足足有三千平方米，大树林立，树林中间还有一个碧波荡漾的小池塘。俊一就在这个池塘边散步。

池塘的面积约五十平方米，池水十分清澈，可以一眼望到底。水虽不深，但淤泥很厚。俊一小的时候，爸爸就一再叮嘱他不要到池塘边玩耍，因为一旦掉入水中，整个人就会陷下去。到小学三年级的时候，俊一还"谈池色变"。家里的老仆人一直吓唬他说池塘里有妖怪。于是，每当来到池塘边，俊一就总觉得会有一个没有眼睛和鼻子、海带模样的家伙突然从水里蹦出来。

自从进入小学五年级，俊一便不再害怕了。俊一在学校里成绩很优秀，他头脑聪明、思维敏捷，所以不再像以前那样轻信别人的话，也不相信世上有妖怪。于是，他经常独自一人悠闲地在池塘边散步。

这天，天空乌云密布，气压很低。还不到下午三点，院子里就已经变得昏暗，仿佛太阳下山了一般。树上密密麻麻的枝叶，犹如厚厚的隔离带，把天空和池塘隔成了两个世界。俊一站在池塘边，望着灰蒙蒙的水面。周围没有一丝风，水面犹如一块灰色玻璃。他呆呆地望着水面，不知不觉地竟入了神。猛然间，他感到周围有一种奇怪的氛围。他左思右想，琢磨不出其中的原因。就在这时，灰色玻璃般的水面荡起了丝丝涟漪。

"是鲤鱼吗？"俊一一边猜测，一边观察水面晃动的地方。别看这个池塘面积不大，可大鲤鱼有很多。水面继续荡漾，仿佛有大鱼正从水底游向水面。不过，俊一又感觉那不像是大鲤鱼，而是比大鲤鱼还要大无数倍的东西。确切一点说，有池塘那么大。

突然，俊一眼前的情景，令他觉得不可思议。整个池塘底，仿佛被掀了起来，池塘里的水也变得混浊起来，仿佛成了泥浆水，什么也看不清楚。随着一个庞然大物向上浮起，池塘里才渐渐清晰起来。俊一怀疑自己遇到了妖怪，可这世上没有妖怪呀。随着水面剧烈晃动，这个庞然大物的模样依稀可辨。看清楚了！是一张人的脸！一张几乎占据了整个池塘的脸！俊一吓得肢体僵硬，额头上直冒冷汗，心跳也加速了。

转眼间，恶魔的巨脸浮现在水面上。巨脸上端的眼睛，长度大约一米，浸在水里不停地睁开、闭上。与一张床差不多大的嘴巴里，露出锯齿般的牙齿，两侧是两颗匕首形状的大獠牙。光脸就这么大，那恶魔的身体得有多高大啊！这太可怕了！

尽管俊一已经被眼前的情景吓得缩成了一团，但继续在这里待下去，还不知道要发生什么。如果恶魔将脑袋伸出水面，那可就糟了。这个脑袋，可比俊一的身体大几百倍啊！若真浮出水面，说不定会一口吞掉俊一！俊一觉得必须赶紧逃走，他使出全身力气，嘴里大喝一声："跑！"僵硬的身体动了起来。俊一拼命奔跑，连滚带爬。与此同时，他的耳边响起了恐怖的声音："咣……咣……咣……"这声音俊一不曾听过，他觉得很像教堂里的钟声。难道恶魔的脑袋已经浮出水面？毕竟，在水里发不出这种声音的。

此时，俊一的爸爸花崎检察官正在书房里看书，他也听到了这可怕的笑声。花崎检察官惊愕不已，赶紧从椅子上起身打开窗户循声望去。结果他看见一路狂奔的俊一气喘吁吁，面红耳赤。看俊一的架势，似乎有什么东西在后面追他。

"俊一，出什么事了？"

听到爸爸的声音，俊一连忙抬起头，脸上露出求救的神情，他的脚步更快了。他跑到爸爸书房的窗前，两手搭在窗台上用力一撑，两只脚迅速越过窗台，翻进书房。显然，他已经来不及从门口进入房间。花崎检察官赶紧伸手拉过俊一，随后关上了窗户。

"你的脸色怎么这么难看？到底发生什么事了？你跟别人打架了？"花崎检察官说完，让俊一坐在椅子上，并给俊一倒了一杯水。喝了几口水，过了半晌，俊一才开口说话。他语无伦次，吞吞吐吐，好不容易才把自己的"池边奇遇"讲述了一遍。

爸爸听完后竟笑了起来："哈哈，你这个傻孩子，怎么会有这种事呢？好吧，爸爸过去看看。"

俊一急忙拉住爸爸的手，让他不要去冒险。可爸爸不听，甩开俊一的手便朝外面走去。爸爸来到院子，三步并作两步朝池塘走去。俊一十分担心爸爸，但他没有勇气跟爸爸一同去那里，只能干着急。

不一会儿，爸爸回来了。他一边笑一边走进书房："俊一，那池塘里什么也没有。我拿起长长的竹竿在池塘里搅了好一阵，什么可疑的东西都没有看到。那么小的池塘，怎么能藏得下你说的那种巨脸。你大概是学习用脑过度，产生了错觉。"

可是俊一根本就不信，相反非常不解：那么庞大的家伙，怎么会在一瞬间不翼而飞？是不是又沉入池塘里了？但这说不通，那家伙不是鱼类，长时间在水里怎么呼吸呢？

想到这里，俊一开始怀疑自己的眼睛。或者，莫非是自己大脑出了差错？莫非像爸爸说的那样，是自己用脑过度产生了错觉？其实，俊一看到的那一切都是客观存在的，不是什么错觉。那张巨脸，确实从池底浮出了水面。

那么，花崎检察官赶到池边的时候，那张巨脸不见了，这又是怎么回事？

那么庞大的家伙大白天跑到街上去，后果肯定不堪设想。

电话声

　　三天后的某一天，麹町公寓二楼的明智侦探事务所来了一位客人，会客室里，明智大侦探正在和他谈话。这位男性客人身穿肥大的黑色呢绒上衣，脖子上系着一根大红领带，有一头又黑又密的长发，看样子像画家或诗人，年纪三十五岁左右。他高高的鼻梁上，还架着一副宽边大眼镜。

　　这位客人叫人见良吉，是个不太出名的小说作家。不过他挺有钱，一个月前，他刚从别处搬到这幢公寓来，与明智先生一样，住在二楼。他没有妻子和孩子，是一个单身汉。人见良吉虽不是侦探小说作家，但他十分喜欢侦探，常常到事务所与明智大侦探探讨侦探理论。

"最近出现多次的那个恶魔，可把大家吓得不轻呀！从您的助手真由美小姐被袭击这事来看，那恶魔应该是冲着您来的。"人见良吉用手指拨了一下垂在额前的长发说。

"兴许是吧。有些人就是喜欢搞名堂。"明智大侦探笑着答道。

"话虽这么说，可恶魔时而在空中显现巨脸，时而在水里浮现巨脸，这究竟是什么把戏？您想过吗？"

"这鬼把戏，我基本清楚。"

"您说您基本清楚？您可太厉害啦！可否简单地说给我听听？"

"暂时还不行，还得过一段时间。到时候，我会详细说给您听的。"

这时，明智先生的助手真由美端来咖啡，放在了桌上。

"真由美小姐，您好！看您精神不错，您的身体完全恢复了？那天晚上，您一定吓坏了吧？"人见良吉主动与真由美搭话。

真由美害羞地点点头，笑着答道："是啊，那怪影突然出现的时候，我一点儿思想准备都没有，所以……"

这时候，隔壁书房的电话响了。明智大侦探站起身，走到隔壁房间接电话。他拿起话筒，电话里传出"咣……咣……咣……"的声音。起初，明智大侦探还以为自己耳朵出了问题，但他仔细一听，声音的确是从电话那头传来的。奇怪的声音足足响了二十秒钟才结束。

接着，一个沙哑的嗓音开始说话："你是明智先生吗？"

"是的，您是哪位？"

"刚才的声音，想必你听见了吧！你有没有觉得这声音很熟悉？"

这恶作剧似的声音，让人毛骨悚然。明智大侦探皱了一下眉头，似乎已经心中有数，他故意沉默不语。对方误以为自己占了上风，便更加狂妄起来："你可要当心你的助手真由美，三天以后，也就是本月十五日这一天，真由美将从你身边消失。虽然你是天下无人不知的大侦探，但你阻止不了我……"说完，电话那头又传来"咣……咣……咣……"的声音。

明智大侦探放下电话，冷笑着返回会客室。人见良吉不解地望着明智大侦探。

等真由美离开会客室，明智大侦探说道："人见良吉先生，真让您给说中了，恶魔已经向我挑战了。"

"什么？是那个恶魔？"

"是的，这个月的十五日，他要让真由美消失。"

"让她消失？"

"也就是说，他要绑架真由美。他这是先来通知我。"明智大侦探说着，脸上仍然笑眯眯的，一副若无其事的模样。

"由此看来，那恶魔只不过是一个普通人而已。那么，真由美小姐会不会真的有危险呢？不管怎么说，对方可是一个擅长魔法的家伙啊！"

"对方若使用魔法，那我就以其人之道还治其人之身。不信，咱们走着瞧。"明智大侦探信心十足。

"明智先生，对方既然敢事先来打招呼，必定是个胆大的家伙，您千万别大意。那家伙到底能使出什么魔法，我们还不知道。"小说作家人见良吉焦急不安地说。

"与这种说大话的家伙斗智斗勇，是我最擅长的。您放心吧，我一定不会败给他的。"明智大侦探说这话时，瞥了人见良吉一眼。

绑架预告

当天傍晚，真由美因家里有事便回家去了。吃了晚饭，她又匆匆返回。下了电车，她沿着千代田区的一条偏僻的道路朝事务所所在的麹町走去。她原打算天黑之前赶回事务所，可走着走着，天就黑了。

道路一侧是长长的围墙，另一侧是宽敞的草地。恶魔在电话里说的内容，明智大侦探没有对真由美提起。因此，真由美毫不知情。想起前些天在银座大街遇上的恐怖事件和弟弟俊一在池塘里看到的恐怖现象，真由美心里有点儿不安。毕竟她是一个女孩子，又是独自一人走在寂静的街道上。她后悔自己没有乘出租车，便不由自主地加快了脚步。

突然，她发现前面的水泥电线杆后有一只黑色的大包袱。她心想：这大概是哪个营业员遗忘在这儿的。包袱的形状十分奇怪，有点儿像大山里凹凸不平的大岩石。随后，真由美一惊，停下脚步。她突然发现大岩石似乎有鼻子、眼睛，正直愣愣地望着她。虽然没有真正的眼睛，可真由美隐约觉得包袱里有火辣辣的目光。真由美吓了一大跳，然后，她看到"大岩石"在微微蠕动。

"这东西是活的！肯定是哪个家伙化装的。"想到这里，她的心怦怦直跳。她转过身来打算原路折回，不料，背后也有一个黑影，朝她猛扑过来。眼下，真由美陷入进退两难的境地。真由美犹如青蛙遇到了毒蛇，目光呆滞地望着黑影，全然不敢抵抗。黑影放慢了速度，不紧不慢地朝真由美走来。真由美全身高度紧张，连说话的力气都没了。

黑影渐渐显出人的模样，一大块黑布从头罩到脚，仿佛一个黑色幽灵。当黑影距离真由美仅三米左右时，黑布猛地掉落了，一张白色的脸显露出来。啊呀，怎么又是脸！虽说真由美不曾见过这张脸，可她知道这张脸与涩谷天空出现的巨脸以及俊一在池塘看到的巨脸肯定是一样的。虽然在傍晚昏暗的光线里看不清楚，可恶魔的整个脸庞依稀可辨，白得可怕。那对大眼睛，滴溜乱转。

突然，恶魔张开嘴露出白色的牙齿，说："真由美，你听好了！本月十五日，你将从这个世界上消失。届时，你是在一个房间里像烟雾一样消散。知道了吗？不管你的警惕性有多高，不管你的防备措施有多周全，都无法阻挡我的魔法！你真是太可怜了，不过，这是你命中注定的。请不要抱有侥幸心理，快回事务所去做准备吧。"说完，不知从哪里又传来"咣……咣……咣……"的声音。这声音没有银座大街和涩谷出现的声音那么响，似乎是从二十米之外传来的。

随后，恶魔双手一扬，将黑布重新从头罩到脚上，从空旷的草地上渐渐远去。与此同时，"咣……咣……咣……"的声音越来越弱，然后听不见了。

此时真由美的双腿像被人施了魔法似的，怎么也迈不开，她的身体也在发抖。过了一会儿，她的肢体能动弹了，她赶紧朝事务所跑去。

蜘蛛人

这一天终于来临了，今天就是十五日。

真由美藏在事务所中自己的卧室里，闭门不出。明智侦探事务所在公寓的二楼，除卧室和浴室共有五个房间，最里头的那间，是真由美的卧室。这间卧室原来是小林芳雄的，他让给了真由美，自己与明智先生同住一个房间。

从会客室到真由美的卧室，必须要经过明智先生的书房。今天，明智先生决定一直待在书房里，不外出，坐等恶魔前来。真由美卧室隔壁的房间内，则有小林芳雄把守。此外，真由美也从里面给房门上了锁。防范工作这么到位，无论什么样的恶魔也无计可施了。真由美卧室的窗户在公寓的侧面，距离地面有十五米左右的高度。公寓侧面犹如峭壁，整个公寓仿佛建造在高高的悬崖上。因此，没人能爬得进去。

真由美从早晨开始就待在卧室里，午餐则由小林芳雄负责送去。可到了下午，真由美便开始觉得无聊。整个上午她都是靠看书打发时间的，下午她不想再看书了。下午三点左右，窗外传来爆炸声。真由美吃了一惊，转过脸朝窗外望去。她发现窗外有无数红、蓝、紫、黄等颜色的气泡，接二连三地涌向天空。天空阴沉沉的，厚厚的云层把太阳藏了起来，五彩缤纷的气泡在空中形成了一道美丽的景色。

真由美被深深地吸引住了，她的大脑开始恍惚起来。五颜六色的气泡，宛如节日里飞向蓝天的彩色气球。悬崖下的小摊主是不可能到这儿来兜售气球的，真由美觉得可疑，便不由自主地来到窗前，打算开窗探出脑袋看个究竟。

就在探出脑袋的时候，真由美发现外墙上有一只大蜘蛛，此刻正沿着黑色绳索向二楼窗户爬来。仔细一看，不是真蜘蛛，而是外形酷似蜘蛛的人！他的身上穿着黑色紧身衣，脸上戴着黑色蒙面套。真由美发现，蜘蛛人正沿着黑色绳索向自己爬来！突然，蜘蛛人猛地扑向"猎物"。这猎物不是别的，正是真由美！真由美不慎开窗且探出脑袋，刚好被在窗外埋伏多时的蜘蛛人捕获。

　　蜘蛛人没有毒汁，他用蘸过麻醉剂的白手巾捂住真由美的嘴。等她昏迷后，蜘蛛人抱住她翻到窗外，关上窗户后沿着绳索向上爬。这一幕，简直像空中杂技表演。蜘蛛人抱着真由美，沿着绳索向上爬，如果不是臂力过人，是很难完成这一高难度动作的。在两个人的重压下，绳索好像随时会断。绳索一断，两个人就没命了。

　　蜘蛛人费了好大的劲儿，总算爬到三楼窗户。他把真由美抱到房间里，收起绳索，关上窗户，拉上窗帘。之后就像什么都没发生过似的，周围静得出奇。此刻，二楼的真由美卧室和三楼房间的窗户都关得紧紧的。因此，真由美转移的过程无人知晓。恶魔的预言就此兑现，真由美从自己的卧室神不知鬼不觉地消失了。

这幢公寓的大部分房间都租出去了，唯独三楼的这个房间，也就是真由美卧室楼上的房间，至今没有人居住。恶魔经过周密的侦察，利用这个空房间实施了绑架计划。恶魔用绳索将昏迷的真由美五花大绑后，卸下蒙面套，露出阴险的笑容。果然，就是他——苍白的脸，大大的眼睛，嘴巴里露出獠牙。模样似人非人，仿佛刚从地底下爬出来的恶魔。

"嘻嘻，第一步已经成功了。明智这家伙，这下可丢尽脸面了。什么大侦探、名侦探的，连真由美都保护不了。"恶魔一边自言自语，一边打开房间里壁橱的门，取出事先藏在里面的大行李箱。他打开箱盖，把真由美抱到箱子里，关上箱盖，上了锁，又把箱子推入壁橱里关上门。然后，他走出了房门。恶魔的鬼点子还真不少，估计是想等天黑后把箱子搬走。

明智大侦探就这样败给恶魔了吗？不，现在下结论还为时过早。半小时后，又发生了一件怪事。恶魔离开三楼房间后，不知躲到哪里去了，一直到晚上都没再出现。就在这段时间里，三楼房间内的壁橱门和房门先后开了，真由美从里面走了出来。她悄悄走下楼梯，幽灵般地朝二楼明智侦探事务所的房间走去。

真由美是如何逃走的呢？她是凭借自己的力量逃走的吗？这太不可以思议了。她的手脚都被绑住了，而且那大行李箱也是上了锁的，她是如何金蝉脱壳的呢？

巧施调包计

晚上九点钟时候，居住在同一幢公寓二楼的小说作家人见良吉，来到隔壁的明智侦探事务所。他说："明智先生，我要外出旅行了，我今天乘夜间的火车去京都，两三天后回来。我是去体验生活，搜集小说创作的素材……明智先生，您的脸色不好，是出什么事了吗？"

明智大侦探坐在桌前，垂头丧气地说道："您开口问了，我就告诉您吧。我们被算计了，真由美不见了。"

"什么？真由美不见了？什么时候的事？"

"她是从卧室里消失的，卧室的房门上了锁，窗户距离地面有十五米的高度，不可能有人从窗户进入的。而且我今天一天没有外出，我一直守候在书房里。真由美就这样消失了。"

"照这么说，那恶魔的预言成真了？"

"是的，好像是这么回事。"

"那么，有没有找到一点儿线索呢？"

"什么也没有，我只能向警方请求援助了。警方已经在附近布控，进行搜索盘查。不过，一时半会儿应该也抓不住那家伙，因为他擅长魔法。"

平时一直笑容可掬的明智大侦探，此刻脸色苍白，心急如焚。大侦探无精打采的样子，平时还真不多见。

"唉，真让人担心！不过，话说回来，明智先生，您太轻敌了，他不是打电话通知您了吗？您今天一天就应该守在真由美身边寸步不离的。如果我事先没有旅行计划，真想留下来帮帮您呢！小林芳雄呢？这次他应该跟您一起行动了吧？"

"小林芳雄得知真由美失踪的消息，也十分沮丧。……小林芳雄，到我书房里来一下。"听见明智先生的叫声，小林芳雄耷拉着脑袋走了进来。一向开朗的小林芳雄，今天也没了精气神。

"小林芳雄，打起精神来！你得给明智先生鼓劲儿呀。"听见人见良吉这样劝说，小林芳雄仍然愁容满面，只轻轻地"嗯"了一声。

这时，走廊上有人敲门，是公寓传达室的老爷爷。他探身进来说："人见先生，您预约的出租车已经到达公寓门口了，司机来帮您拿行李了。"

"好，我现在就去。……明智先生，您要打起精神来啊，千万别灰心。再见了！"

人见良吉微微鞠了一躬，向外走去。明智大侦探与小林芳雄默默地目送着他的背影。他们看着人见良吉与司机从房间里取出行李，其中还有一个大行李箱，两个人很费力地将其抬出房间。那大行李箱，看起来十分沉重。就两三天的旅行，怎么要带这么大的行李箱？明智大侦探和小林芳雄面面相觑。

随后，人见良吉和司机进了电梯。这时候，明智大侦探与小林芳雄回到房间，关上房门。他俩你望着我，我望着你，扑哧笑了。

"哈哈，你的化装技术还真不错呢。你这般模样，无论谁都会觉得是小林芳雄本人。"明智大侦探说道。

那个与小林芳雄一模一样的人突然发出了女生的声音："我担心抬起头会露馅儿，所以一直没敢抬头，总算过关了。"

"他根本不知道大行李箱里装的是小林芳雄，还很得意地把大行李箱带走了。"

"可是，先生，小林芳雄不会出什么事吧？我心里很忐忑，总觉得放心不下。"化装成小林芳雄的真由美一脸严肃地说。

"应该不会有什么事的。到目前为止，像这样的事情小林芳雄已经经历过多次了。他很机智的，别担心。等弄清楚恶魔的大本营在哪儿，他一定会安然无恙地回到我们身边的。恶魔打电话来的时候，人见良吉就在我们的会客室里。可见，他也只不过是恶魔的手下。因此，我们贸然抓他，那他身后的恶魔就会逃脱的。小林芳雄代替你躲到大行李箱里，去探清恶魔的底细，然后警方就可以将坏人一网打尽了。"

明智大侦探从一开始就怀疑小说作家人见良吉，于是让小林芳雄尾随跟踪。当发现真由美的失踪是人见良吉所为，便使用调包计，让小林芳雄换出了真由美。

当天傍晚，小林芳雄潜入三楼的房间，用万能钥匙打开大行李箱，救出被麻醉的真由美。然后打扮成真由美后钻入大行李箱，真由美又在外面用万能钥匙将大行李箱锁好。为了让真由美在大行李箱里能够呼吸，人见良吉在箱子的每个角落都打了小洞。这样，待在里面的时间再长，也不会有生命危险。真由美与小林芳雄互换后，离开三楼房间，悄悄返回二楼的明智侦探事务所。

小林芳雄现在怎么样了？就算他很有经验，可对手毕竟是十恶不赦的恶魔啊。此时此刻，小林芳雄会不会正在遭受坏人的折磨？

各大媒体已经将恶魔命名为"魔人铜锣"，因为那"咣……咣……咣……"声音，听上去就像敲打铜锣时发出的响声。凡听过这声音的人，都觉得这个名字恰如其分。

沉入水底

人见良吉乘坐出租车离开了公寓，出租车载着大行李箱，径直向东驶去。人见良吉坐上车后什么也没说，任凭司机往前开。可见，出租车司机也是魔人铜锣的手下。

二十分钟过后，出租车来到胜关桥附近的隅田川岸边。这里有一个废旧仓库。人见良吉和司机下车后，抬着大行李箱朝仓库走去。人见良吉按了一下墙上的开关，天花板上悬挂的电灯亮了。仓库里的旧桌子和破椅子无精打采地躺在地上，墙角里堆着一些稻草和草席。他俩把大行李箱藏在了稻草堆里。

"剩下的要半夜再动手。箱子里这个恐怕饿了，只好请她暂时忍耐一下。反正到了那边，就有吃的了。好了，我们先走吧！"人见良吉说完，将门上了锁，与司机一起驾车离开了。

凌晨一点左右，人见良吉返回仓库。仓库的后面是隅田川，外面黑漆漆的，岸边停靠着一艘小船。人见良吉让船夫帮他把大行李箱抬到船上，随后在船上坐了下来。船夫摇着橹，朝东京湾驶去。这艘旧木船没有马达，除了大行李箱，船上还堆放着一些潜水用具。

等船离开岸边，人见良吉开始着手一些莫名其妙的勾当。他从口袋里取出一些螺丝钉，将它们一个个旋入大行李箱角落的通气孔。堵住通气孔，小林芳雄不就憋死了吗？不过，憋个一二十分钟，应该不会死，毕竟里面的氧气完全耗尽需要一段时间。

堵住通气孔后，他又从船上取出事先准备好的粗铁丝，把大行李箱一道一道绑得结结实实。然后，他在铁丝的一头坠上大大的铅块。接着，人见良吉穿上了潜水服，戴上了潜水帽。

小船驶离胜关桥，在东京湾上行驶了三百米左右，船夫停止了摇橹。周围漆黑一片，再往前走是东京湾上的汽船码头。人见良吉穿好潜水服后，和船夫一起抬起坠着铅块的大行李箱，将其扔进了水里。然后，身着潜水服的人见良吉手提小型潜水灯也跳入水中。他这身潜水服与普通潜水服不同，既没有氧气输送管，也没有牵引的绳索。不过，潜水服的背上有一个氧气筒。人见良吉的脚、腰、腹、胸先后被水淹没。转眼间，他的潜水帽消失在水里。浮在水面上的，只剩一串白色的水泡。

随后，水下出现了亮光，是人见良吉手里的潜水灯亮了。明亮的灯光，渐渐沉向河底，不一会儿就看不见了。

箱子里

　　被关在大行李箱里的小林芳雄，自从被抬上出租车，他一路上怎么样呢?

　　出租车行驶了二十分钟，他被搬到废旧仓库里。不一会儿，大行李箱周围静悄悄的，两个搬大行李箱的人也不知去哪里了。

　　小林芳雄在大行李箱里待了很长一段时间，简直度日如年。手腕上的夜光表，他不知看了多少回。可时间过得如此缓慢，从晚上九点到现在的这几个小时，小林芳雄觉得慢得慢像一个月。小林芳雄感到饿了，喉咙也干得难受。从傍晚到现在，他的身体一直像大虾那样弓着。他的四肢开始麻木，背脊也抽筋似的疼痛。

兴许他也曾想过逃出去，他的身上带着一些小工具，逃出大行李箱并非难事。可小林芳雄还是咬紧牙关坚持着，他一定要弄清魔人铜锣的底细。如果半途而废，岂不前功尽弃？所以，无论如何得坚持到底！大行李箱里没有光线，小林芳雄时而瞌睡时而醒来。时睡时醒，不知反复了多少遍。其实，与其说瞌睡，倒不如说是昏迷。饥饿和疼痛交加，他脑子里一片空白。

半夜，小林芳雄觉得大行李箱被搬动了。这一回，又不知是去哪里。随后，小林芳雄一直感到晃来晃去。凭小林芳雄的直觉，这次好像是在船上。突然，大行李箱外边传来奇怪的声音，通气孔似乎被螺丝钉堵上了，大行李箱也似乎被什么金属捆起来了。可这时候的小林芳雄已经麻木迟钝，根本不清楚究竟发生了什么。

又过了一会儿，小林芳雄感到呼吸急促起来。在通气孔被堵住之前，大行李箱里还能有一丝凉风和新鲜空气，可现在，大行李箱里变得闷热起来，就连外边轻微的响声也听不见了。突然，小林芳雄感觉到大行李箱被粗暴地扔了出去，然后，他感觉自己跟在电梯里一样，一个劲儿地向下沉。

大行李箱下沉了很长一段时间，小林芳雄感觉全身各个部位像被针扎似的，冷飕飕的。虽然所有通气孔已被旋入螺丝钉，可还是会有点儿缝隙，冰冷的水开始一点一点渗到大行李箱里。小林芳雄大吃一惊，他心里开始忐忑不安，不知如何是好。

正当他心急如焚的时候，大行李箱停止了下沉。不一会儿，又被横着拖着走了一段，之后向上浮了起来。几分钟后，大行李箱被搁置在什么地方"安静"了好一会儿，水不再渗入，小林芳雄稍稍放下心来。不一会儿，大行李箱外面传来锁孔被插入钥匙的声音。大行李箱要被打开了，另一种不安袭上小林芳雄心头。

箱盖打开了，新鲜的空气迎面扑来。还有灯光，即便用手蒙上眼睛，也十分刺眼。小林芳雄想睁开眼睛扫视周围，想跳出大行李箱活动活动四肢，再做个深呼吸。可他没有这样做，他知道他必须为完成任务再忍耐一会儿。

　　小林芳雄仍蜷缩在大行李箱里，他微微睁开眼睛偷偷看外边的情况。只见一个男子弯下腰，正目不转睛地打量着化装成真由美的小林芳雄。天呐，是那个家伙——魔人铜锣！白茫茫的脸上一双大眼睛，嘴巴里有两颗大獠牙！这张恐怖的脸与小林芳雄距离仅半米左右，那模样，仿佛银幕上的恶魔！

万能钥匙

　　小林芳雄担心自己被发现是假扮的，于是故意把眼睛眯成一条缝儿，装作瑟瑟发抖的样子。幸亏屋里光线暗，魔人铜锣没有看出破绽。小林芳雄毕竟是明智大侦探的高徒，有着高超的化装技术，所以，即便大白天也未必会被识破。

　　"真由美，你害怕了？别担心，我不会吃掉你的，我只是还得让你在这儿待一段时间。房间里有床可以睡觉，每天还供应你三餐。当然，你是不能离开房间一步的。好啦，起来吧，到你的房间去休息。"随后，魔人铜锣又转过脸对他身后的手下说：

"喂，你过来帮个忙，把真由美送到另一个房间去吧。"魔人铜锣身后的手下慢吞吞地来到大行李箱旁边，把小林芳雄拉了出来。

小林芳雄装得跟女生一模一样，他假装浑身无力难以站立，一从大行李箱里出来就趴在了地上。他扫视一下周围，觉得房间十分奇怪——四周是墙，没有窗户，像一个混凝土钢筋浇筑的大箱子。正面有扇门敞开着，门外是走廊，不过由于光线太暗，什么也看不清楚。

"真由美，具体的事，我以后再慢慢给你讲。再见！"魔人铜锣说完，挥了挥手。

那个粗鲁的手下拉着小林芳雄朝走廊走去，转过一个弯，打开房门，猛地把小林芳雄推到里面，然后关上门，将门锁好后扬长而去。

房间里没有灯，漆黑一片，什么也看不见。小林芳雄带着钢笔形手电筒，但他觉得现在开手电筒不妥，便起身用手摸着墙壁在房间里转了一圈。这房间里也没有窗户。难道住在这儿的人都怕光，所以故意不安装窗户吗？还是有什么其他原因？

小林芳雄在房间的角落里摸到一张床，他赶紧躺了下来。不管三七二十一，先休息一下是最重要的。长时间蜷缩在狭小的空间里，难受极了。现在，双手和双腿可以尽情地伸展，真舒服。

"趁他们还没有发现我是假真由美，我一定要弄清这栋房子的情况，然后想办法逃出去。不过，我应该怎么办呢？"小林芳雄紧闭双眼，暗自思考起来。不过，可能是太累了，他竟然不知不觉地睡着了。继续待在这里，接下来还不知道会发生什么可怕的事。可小林芳雄全然不顾，大胆地鼾睡起来。看来，作为少年侦探，他早就习惯了这样的生活。

也不知睡了多长时间，小林芳雄猛然睁开眼睛。然而，房间里依然漆黑一片。难道天还没有亮？不，这房间没有窗户，即便是白天，也一直没有光线。小林芳雄望了一眼手上的夜光表，已经八点了。昨晚被扔进水里的时候是凌晨一点多，现在肯定是第二天早晨的八点。既然是早晨了，坏人们应该起床了。他们随时可能过来，所以小林芳雄赶紧从床上爬起来，做好了应对的准备。

过了一会儿，门口传来响声，电灯亮了。小林芳雄的眼睛已经适应了黑暗，突然出现的亮光令他觉得特别刺眼。其实，这盏灯只有十瓦。小林芳雄借着灯光朝门口看了看，门上有一个方形小孔，一双狡猾的眼睛正从孔里盯着他看呢。刚才那响声，是打开小孔盖的声音。看到这里，小林芳雄立刻假装惊恐，然后俯身倒在床上。不用说，门外肯定是一张凶神恶煞的脸。眼下小林芳雄的角色是真由美，所以他必须装装样子。

　　忽然，门口传来门锁转动的响声，门被打开了。昨晚那个把自己押送到这里的家伙走进房间，手上端着盛有牛奶和面包的盘子。他张口说："真由美小姐，别怕。我可不像我家主人，我很好相处的。快来，快趁热吃饭。厕所在前面的角落里，你不能出去，就将就一下吧。"果然，前面的墙角有个白色陶瓷马桶，旁边还有个小桌子，桌子上放着热水瓶、玻璃杯、脸盆。昨天晚上因为太暗看不到，其实这里设施还算齐全。

　　吃过午餐、晚餐，一天就过去了。直到第二天夜晚，魔人铜锣也没有再露面，可能是外出了。小林芳雄还真能忍耐，不急不躁的。但他暗自下定决心，打算今晚弄清这栋房子的情况和具体位置。

夜里十一点的时候，小林芳雄从穿在裙子里的短裤的口袋中取出万能钥匙，然后，他走到房门旁边，将万能钥匙插入锁孔转了起来。不一会儿，门锁就被打开了。作为侦探，这样的万能钥匙是必不可少的。明智大侦探把这种开锁方法教给了小林芳雄，还给他配备了一把万能钥匙。因此，小林芳雄的口袋里一直放着这把万能钥匙，现在它就派上用场了。

墙上巨脸

　　走廊上没有灯，黑得伸手不见五指。周围静悄悄的，莫非坏人们已经入睡？小林芳雄竖起耳朵听了一会儿，周围一点儿动静都没有。他觉得可以行动了，他从口袋里取出钢笔形手电筒，一边照着脚下，一边蹑手蹑脚地沿着走廊向前走去。

　　走廊两侧，是白色的墙壁。转过一个弯后，出现一个岔路口，左右两边各有一个走廊。右走廊有一个房间，就是昨晚小林芳雄被从大行李箱里拉出来的地方。他没有朝那里走，而是沿左走廊走去。刚走几步，正前方出现了一个白色的大门。门上挂着大锁，无法继续向前。没办法，小林芳雄只得转身原路返回。

就在这时，这个边长两米的白色大门上浮现出一个奇异的东西。啊，是一张巨脸！那双大眼睛正恶狠狠地盯着小林芳雄。那张嘴巴看着有一米多长，嘴里露出两颗匕首形状的大獠牙。"咣……咣……咣……"，是魔人铜锣的声音！小林芳雄转身拔腿就跑，还没跑出几步，眼前又出现了一张巨脸，也是张着大嘴，"咣……咣……咣……"地狂笑。

小林芳雄拼命逃回自己的房间，关上房门，随后用身体将房门顶住。这样的场景，身经百战的小林芳雄也吓得直哆嗦。一会儿，走廊传来脚步声，好像有人朝小林芳雄的房间走来。果然，门把手转动起来。小林芳雄使出全身的力气攥住门把手，不让它转动。可门外的人力气巨大，房门还是被强行打开了。

"你这个家伙，可真不像个女生，真是胆大包天！莫非……"他走到小林芳雄跟前，大声训斥。

小林芳雄将脸抬起来一看，是魔人铜锣！魔人铜锣狡猾的目光在小林芳雄身上晃来晃去，随后，又紧盯着小林芳雄的脑袋。突然，他猛一伸手，扯掉了小林芳雄的假发。

"果然，你竟然敢男扮女装蒙骗我！你，你到底是谁?！啊，明白了，你是小林芳雄，是明智的助手。畜生！差点儿把我给骗了！"魔人铜锣恶狠狠地骂道。

他用手托着下巴思考了一会儿，似乎作出了某种决定，他不怀好意地笑了笑，说："好，来而不往非礼也，既然你不请自来，那我也让你尝尝我的厉害。不过，我不会杀你。我要让你去一个地方，是死是活，要看你运气。总之，我不会亲手杀你。"魔人铜锣说完，不知哪里又响起"咣……咣……咣……"的声音。

魔人铜锣到底想干什么? 等待小林芳雄的惩罚又是什么呢? 魔人铜锣对小林芳雄说，如果运气不好，就可能是死路一条。这究竟意味着什么?

俊一失踪

　　某日傍晚，真由美的弟弟——小学六年级的学生花崎俊一，因参加学校棒球比赛一直到下午五点才放学回家。他和同学野上明一起，走在回家的路上。这条路，是世田谷区特别僻静冷清的一条路。

　　魔人铜锣的巨脸曾在俊一家的池塘里出现过。也许与姐姐真由美一样，俊一已经被魔人铜锣盯上了。明智大侦探对此十分担心，他曾与花崎检察官商量，不能让俊一一个人外出。

　　与俊一结伴而行的野上明，与俊一是同班同学，但他个子高大，同学们都叫他"大个子""大力士"。而且他也是少年侦探团的成员，所以明智大侦探安排他担任俊一的保镖，每天与俊一同出同归。

不仅如此，他俩身后还跟着好几个衣衫褴褛的少年。一个、两个、三个、四个……一共有五个。这些少年，是流浪儿别动队的队员。小林芳雄把这些白天在街上小偷小摸、晚上在上野公园过夜的流浪少年组织起来，成立了"少年侦探团流浪儿别动队"，让他们改邪归正。起先他们有二十多人，现在只剩下五个了。明智大侦探先后将立功队员送到学校或工厂，让他们学习或工作。这样一来，人数便越来越少。不过，那些上学和工作的队员，节假日和业余时间照样值勤、协助侦破案件。

这五个队员，现在是俊一的保镖。他们都是机灵的孩子，真遇到情况，还真能起到很大的作用。

走着走着，他们的身后出现了一辆蓝色轿车，这条本没什么行人的路上扬起了灰尘，挡住了大家的视线。车一靠近俊一，立即减速，跟俊一并排在一起。突然，车门开了，车内伸出一只粗壮的大手，一把就把俊一拉进了车里。

"喂，你们要干什么？！"走在俊一身边的野上明大声嚷了起来。可是已经来不及了，轿车迅速关闭车门，风驰电掣般地向前驶去。

野上明见状，甩开大步追了上去。同时，后面不远处的五个流浪儿别动队队员也追了上去："俊一！俊一！"大家一边异口同声地叫喊，一边追赶那辆飞驰的轿车。追赶的这些孩子，居然有五个是脏兮兮的流浪儿，这景象实在有点儿奇怪。

不管怎么追，两条腿是不可能赛过四个车轮的。正在这时，对面驶来一辆出租车。少年们眼睛一亮，急忙将出租车拦住，野上明说："司机叔叔，快停车！我是少年侦探团的成员，我的同学俊一被坏蛋绑架了，请协助我们追上那辆蓝色轿车，千万别让他们察觉我们在跟踪！"出租车司机连连点头，表示愿意帮助少年侦探团。司机看上去二十来岁，是个性格开朗的小伙。

野上明打开前车门坐上车，五个别动队的队员也赶紧打开后车门，挤到后排座位上去。

"怎么，你们也坐车？你们不像是学生，难道你们也是少年侦探团的？"司机吃惊地问道。

"是的。我们五个人是少年侦探团流浪儿别动队的，都是明智先生和小林团长的弟子。"司机听完解释不再说什么，加大油门追赶蓝色轿车。

"要想不让前车的人察觉，还真挺难呢，我得与前车保持好距离。"出租车司机也觉得这是一次惊险的任务，他一边开玩笑，一边继续尾随蓝色轿车。

渐渐地，道路更冷清了。路两边是一望无际的田野和森林，车已经驶到郊外了。太阳早已下山，天色随之暗了下来。正前方出现一个大建筑群，那里是日东电影有限公司的摄影棚。

蓝色轿车驶到中间那栋大楼背面的墙边停了下来。野上明见状，立即对身旁的司机说："司机叔叔，快停车，再往前开就被对方察觉了。我们就在这里下车，请您在这儿等着我们。"

"嗯，没问题！我就在车里等你们，我对你们的侦查拭目以待。"司机愉快地说。

少年侦探们下车后迅速朝左右两边散开，趴在地上匍匐着朝蓝色轿车靠近。蓝色轿车的车门开了，两个彪形大汉架着瘦小的俊一下车了。俊一已经被用绳子绑起来了，嘴也被堵上了。

寻找俊一

"我们过去看看吧！"其中一个别动队队员悄悄对野上明说。

"别慌，万一被发现可就麻烦了。"野上明用手按住了这个队员的肩膀。天色越来越暗，这时候，摄影棚建筑群南边墙角出现两个坏人。他俩一边轻声说话，一边朝少年们这边走来。

"快分散隐蔽！千万别暴露目标！我们一定要等到他们驾车走远后才能行动。"野上明小声命令五个别动队的队员。于是，大家分头朝前面树林里爬去，把自己隐蔽起来。少年们动作快极了，果然都训练有素。

野上明也迅速爬到树林里隐蔽起来，他透过枝叶间隙，观察两个坏人的举动。只见他们从围墙的开口处走了出来。怎么只有他俩？俊一被他俩藏在了哪里？是不是被绑着手脚关押在摄影棚里？思考片刻，野上明觉得，必须尽快救出俊一。救出俊一，比跟踪坏人可重要多了。

一会儿，坏人们坐上蓝色轿车，不知去向。少年们乘坐的出租车，由于躲在很远的地方，所以坏人们一点儿也没有察觉。很快，蓝色轿车无影无踪了。野上明见时机已到，便朝别动队的五名队员打了一个手势，示意大家出来："我们现在去摄影棚搜查，俊一肯定被关在里面，我们大家一定要竭尽全力找到他！"野上明说完，别动队的队员们纷纷点头，表示同意。紧接着，他们一个接一个地从围墙的开口处走了进去。

摄影棚建筑群里面的拐角处，是一大片空地，摆满了大大小小的拍摄道具。什么纸糊鸟笼啦，石制灯笼啦，石膏雕塑啦……应有尽有。道具上方建有遮雨篷，既能遮雨又能遮阳。道具堆里有一对白色的石膏狮子，形状酷似日本桥三越百货公司门口的青铜狮子。虽没有那么大，可比真狮子要大一点儿。石膏狮子的底座也是石膏制成的，呈正方形。

其中一名别动队的队员走到石膏狮子跟前，一边抚摸狮子的脚一边喃喃自语："我真想要一只这样的狮子啊！"大家也不约而同地走过去，抬起脸仰望狮子脸上可怕的神情。接着，少年们在摄影棚建筑群里展开搜寻。可每栋楼的大门都上了锁，根本打不开。其中一栋楼大门虚掩着，看起来晚上还有拍摄活动。野上明推开门，朝里面走去。

"喂，这里面是不可以随便进入的。"大门内侧的暗处，站着一个门卫。他挡住野上明，不让他进去。

"有两个人把我的同学藏在这里了。我同学叫花崎俊一，他的手脚被绳子绑起来了，嘴也被堵住了，是一辆蓝色轿车把他带到这里的。"

"你说的是真的吗？你不会是找借口想看电影拍摄现场吧？"

"我不会骗您的，我说的情况都是真的。那两个坏人架着一个少年，那少年年龄与我相仿。"

"没有的事。今天一天根本就没有少年进来过。你们还是到别处去找吧！"门卫不相信野上明的解释，不允许他再朝里走半步。

野上明无可奈何，只得改变方向去别处寻找。整个摄影棚建筑群里，只有一栋楼是办公大楼，大门敞开着。走进大门，办公大楼里没有一个人，也许是晚上大家都下班回家了的缘故。野上明找了好久，连俊一的影子也没有见着。坏人们不可能把俊一关押在办公大楼里，于是，野上明从办公大楼出来，朝摄影棚建筑群的背面走去。突然，黑暗中出现一个小小的身影蹦蹦跳跳。他走过去一看，是一名别动队的队员。

"喂，野上明，快过来！前面有一个奇怪的东西。"

"什么？有奇怪的东西？"

"是，还不止一个呢，有许许多多。俊一或许就被藏在那里！"

"那好，咱们过去看一下！"

"野上明，你带手电筒了吗？"

"嗯，带着呢。手电筒是侦探七件宝之一，我不可能不带的。"野上明说完，拍了一下口袋。

道具房里，摆满了摄影小道具。也不知何故，房间没有上锁。于是，他们两个人打开手电筒朝道具房走去。

道具房里的两侧，是长长的两排架子，架子上陈列着各式各样的道具。有古时候的行灯，有烟灰缸，有各种形状的挂钟、台钟，还有花瓶、摆件，还有镜子、圆镜和梳妆台，就像一个出售古代家具的商店。

"啊，在那里！"这个别动队队员大声喊道，一把抱住野上明的腰。野上明将手电筒的灯光射向那里，果然，有一个身穿校服、酷似俊一的少年正靠墙站着。野上明惊叫一声，大步走到跟前，用手电筒对准少年的脸："不对，不是俊一。"那这是谁呢？哦，原来根本不是人，而是身穿学生装的木偶。少年木偶身边，还有三四个成年男子和女子，都靠墙站着。这些，都是用于拍摄电影的木偶。

"啊，原来是木偶呀，我还以为是俊一呢！"别动队队员垂头丧气地说。

这时候，另外一个别动队队员气喘吁吁地跑了过来："野上明，原来你在这里啊！找到了，找到了，我们找到藏俊一的地方了！"这名别动队队员上气不接下气地说。

俊一脱险

野上明跟着别动队队员跑到刚才他们一起进来的地方，那里是一片空地。那只白色的石膏狮子周围，另外的三个队员已经聚集在那儿了。

"在这里，这狮子里好像有人。你们听！"

大家竖起耳朵仔细听，石膏狮子里果然有动静，好像有人在从里面往外端。野上明打开手电筒围着石膏狮子转了一圈，仔细检查石膏狮子的每个细节。果然，他发现石膏狮子身体与底座连接的地方有缝隙。野上明把嘴凑了上去，对着缝隙喊："里面是谁？是俊一吗？"

"嗯……"石膏狮子里传出微弱的呻吟声。俊一不仅手脚被绑,连嘴也被堵上了,所以只能发出这样的声音。

"好,大家都到我这边来!我们一起用力把石膏狮子的身体抬起来!"

队员们聚集到野上明的身边,把手插入缝隙,使劲向上抬:"一,二,三!"石膏狮子渐渐被抬了起来。石膏狮子的身体倾斜了,缝隙扩大到二十厘米。野上明将手电筒的灯光从缝隙往里边照,果然发现有一少年躺在里面,而这少年正是他们要找的俊一。这时候,有一名别动队队员,找来一根棍棒,放在缝隙处,顶住石膏狮子。可缝隙还是小了一点,无法将俊一拽到外边。

"再去找一根长一点的棍棒来。"不知谁说了一句,又有一个别动队的队员找来一根又长又粗的棍棒。大家一齐使劲,又把石膏狮子抬高了一些,然后用棍棒顶住石膏狮子。缝隙扩大到了五十厘米,终于,俊一被大家拽出了石膏狮子的底座。大家赶紧为俊一松绑,拿掉堵在他嘴里的毛巾。

"俊一，是我呀！我是野上明！我身边的这些，都是少年侦探团流浪儿别动队的伙伴。你不要紧吧？你受伤了吗？"

"嗯，不要紧。谢谢你们把我救了出来。"俊一甩开身上的绳子，站起来，鞠躬向大家表示谢意。

"我还有一个好点子。请先不要将棍棒拿掉，等等我哟！"一名别动队队员一把夺过野上明的手电筒，飞快地跑了。

利用这一小段时间，野上明把大家跟踪坏人轿车后的所有情况，详细地跟俊一说了一遍。

很快，刚才那个队员跑回来了，他抱着一个东西。野上明接过手电筒照亮那个东西。原来是身穿学生装的木偶，就是道具房里的那个木偶少年。

"你把这东西拿来干什么？"

"这你还不明白吗？用它来代替俊一，把它放进石膏狮子的底座里。这样，坏人们过来查看时，只要看到木偶少年，一定会以为俊一还在里边，就会放心睡大觉了。嘻嘻，这主意不错吧？"

大家都被这个机灵的少年逗笑了。孩子们把原先绑在俊一身上的绳子绑在木偶少年身上，再把毛巾堵在木偶少年嘴上。然后，他们小心翼翼地把木偶少年放回石膏狮子的底座里。

"瞧，看不出是假的吧？不仔细看是不会察觉的。"

大家从缝隙里抽出棍棒，将石膏狮子底座恢复到原来的模样，随后簇拥着俊一朝大门走去。夜色渐浓，黑暗中突然冒出一个人影："那少年找到了吗？"

"你是谁？"野上明用身体护住俊一，大声喝道。

"是我，出租车司机。"

"原来是司机叔叔，我还以为是谁呢。俊一被那两个坏人藏在石膏狮子的底座里了，但是被我们救出来了。"

"太好了，快上车吧。今晚你们不管到哪里，我都送你们。"就这样，俊一平安地返回了自己的家。

但事情并未就此结束。后面还有更可怕的事等着俊一呢。

奇怪的浮标

第二天早上，在隅田川和东京湾的交界处的造船厂岸边，发生了一件怪事。

河堤道路的外侧筑有一排混凝土矮墙，是为了防止行人掉进水里而筑的。矮墙中途有几处开口，一路铺设石板坡道通往水面，方便货船装卸货物。

由于时间还早，河堤道路上没有行人，造船厂也没有上班。这条冷冷清清的道路上走着两个工人，他们一边走一边说说笑笑。其中一个五十岁左右，步子轻盈，个子高，身体很瘦。另一个三十岁左右，走路慢慢吞吞的，个子矮，身体胖乎乎的。

高个子叫阿瘦，矮个子叫阿圆。阿圆不仅脸圆滚滚的，眼睛也是圆圆的，鼻尖也是圆圆的。

"喂，你瞧，水面上漂着一个奇怪的东西。"阿圆停住脚步，一边眺望岸边的水面一边歪着脑袋说。

"是啊，真奇怪。这地方怎么会有浮标漂来？"阿瘦满脸惊讶。

那东西看起来是一只涂着红漆的大铁桶倒扣在水面，上面尖尖的，下面是圆形，两侧各有一只耳朵，犹如魔术师戴的圆形尖顶帽。大铁桶的里面是空的，充满了空气，所以它能在水面上漂浮。大铁桶犹如海上用的浮标，在浅水处漫无目标地晃动着。难道它的铁链断开了，被水流冲到隅田川的入口来了？

"奇怪，河里并没有激流呀，浮标怎么会漂到这里来呢？"

"嗯，我也觉得奇怪。瞧，还有更奇怪的。这浮标怎么摇晃得这么厉害？"阿圆把眼睛瞪得圆圆的，眼珠仿佛要蹦出眼眶。

平静的水面上没有泛起波浪，而大铁桶却摇晃得特别剧烈，时而左倾，时而右倾，摇头晃脑。

奇怪的浮标为什么会漂浮到这里？它为什么不停地摇摆？这究竟是怎么回事？

铁棺材真相

　　小林芳雄的伪装被魔人铜锣识破了，不知他现在怎么样了，是还在那暗无天日的牢房里吗？

　　当时，魔人铜锣抓住小林芳雄的胳臂，取出一个注射器，给小林芳雄扎了一针。不一会儿，小林芳雄感到眼冒金星、天旋地转，然后昏了过去。也不知过了多久，小林芳雄突然感觉自己的脑袋受到了猛烈的撞击。他努力睁开了眼睛，周围一片昏暗，他根本无法知晓自己现在身处何处。

　　到处都在摇晃，小林芳雄开始还以为是自己头晕的缘故，后来他发现，好像是整栋房子都在不停地晃动。他的心跳开始加速，呼吸也变得急促起来。他伸出手摸了摸，可手还没伸直就触到了坚硬、冰冷的墙壁。难道自己是在墙的角落里？他试着把手伸到另一个方向，那里也是坚硬、冰冷的墙壁。他慌慌张张地到处乱摸，所触之处都是坚硬、冰冷的墙壁，而且不是混凝土的，是铁的。

小林芳雄以为自己被关在了一段加粗的自来水管里，可这根管道不是横着的，而是竖立着的，还不时地摇晃着。他摸了一下地面，也是冰冷的铁板。他把手伸到顶上触摸，竟也是冰冷的铁板。他明白过来，自己被关在一个铁棺材里。

可铁棺材怎么会摇晃呢？难道它没有被埋在地底，而是悬在半空中？小林芳雄琢磨了一会儿，终于明白过来：一定是漂浮在水上。这摇晃的节奏，跟船的晃动很像。

小林芳雄拼命回忆，他想起来，自己是被魔人铜锣塞入铁桶，扔进隅田川的。那个没有窗户的房间，就在隅田川河底。魔人铜锣的大本营，竟然建造在河底，这太不可以思议了！小林芳雄是被坏人们移入铁棺材中扔到水里的，铁棺材里有空气，因此铁棺材能漂浮在水上。魔人铜锣对小林芳雄说："是死是活全看你运气了。"如果运气不好，小林芳雄必死无疑。也就是说，如果没有人发现铁棺材，小林芳雄要么饿死要么憋死。

想到这里，小林芳雄着急起来，他急忙在铁棺材内侧摸索起来。他想，铁棺材肯定有盖子，只要能找到盖子就有可能活着出去。摸了半天，他终于找到铁盖。可那上面到处是钉子，而且钉得非常牢固，赤手空拳的小林芳雄根本打不开。

小林芳雄开始呼吸困难，心跳加速，耳鸣，头痛。这是因为，铁棺材里的氧气越来越少。每呼吸一次，氧气就会减少，二氧化碳就会增多。一旦铁棺材里全是二氧化碳，小林芳雄就无法呼吸了。怎么办？即使呼救，铁板这么厚，声音也传不出去。此刻，小林芳雄满身是汗。氧气已经不多了，不能就这样等死！他想，即便外面听不见呼救声，自己也一定要拼命地呼救。

"救命啊……"小林芳雄竭尽全力地呼喊，一边喊还一边敲打周围的铁板。

与此同时，走在造船厂岸边的两个工人正诧异地看着这只奇怪的红色浮标。

"奇怪，按说浮标不可能漂到这里，肯定是拴在浅水处的铁链断了，所以它才漂过来的。"

"水面上并没有波浪，那只浮标怎么晃动这么厉害？是有大鱼在底下吗？"两个工人看着浮标疑惑不解，不知如何是好。

"这种浮标比鱼钩上的浮标要重好多倍，能拉动这么重的浮标，恐怕得是鲸鱼一样的大家伙。可是，隅田川里怎么会有鲸鱼？"这两个工人越想，心里越紧张。

"喂，有奇怪的声音！好像是敲打声。"

"还真有呢！工厂里还没有上班，是哪来的敲打声呢？"

"你听，声音好像是从浮标里传出的。瞧，浮标是随着声音一起晃动的。"

"浮标里不会有什么动物吧？"

"说什么傻话呢，浮标里怎么会有动物。"

“奇怪，我好像听见人喊叫的声音，好像是孩子在哭泣。”

“这附近没有孩子呀，难道是在浮标里？”

“浮标里有人，我还从来没有听说过。”

就在他俩议论的过程中，浮标摇晃着朝岸边漂来。

生死未卜

　　浮标里，小林芳雄拼命地喊叫着。他以为自己被关在了铁棺材里，其实那是个铁制的浮标。

　　"救命！这里面没有氧气了，快救我出去！"小林芳雄的叫喊声越来越嘶哑，他头昏眼花，马上要失去意识了。汗水直往他嘴里灌，不仅有臭味，还有血腥味。他用手抹去脸上的汗水，又黏又稠——不是汗，是血，小林芳雄流鼻血了！他越是害怕，血越是流个不停。他开始感到耳鸣，脑袋也越发沉重起来。

　　"果然是我说的那样，声音是从那个浮标里传出来的。走，咱们去石梯那里！"

"好，靠近它去看看情况再说！"

两个工人加快脚步来到石梯边，浮标此时正漂浮到这里。他俩伸出手敲打浮标外侧。不料，浮标内侧也传出敲打声，像是回应。

"喂，浮标里有人吗？"一个工人大声问道。

浮标里传出哭泣声和回答声，很轻很轻。

"果然！因为有铁板包着，声音很小。但浮标里肯定有人，我们该怎么办？"

"没有工具是打不开浮标的，快到工厂去找人和工具！"

"好，我去！"一个工人说完，大步流星地朝工厂飞奔而去。

浮标里，小林芳雄已经全身瘫软。当听到浮标外侧有敲打声，他赶紧使出最后的力气回敲了几下，并微弱地回应了几句。

"救命……快把我救出去！"小林芳雄使出最后的力气喊道。与此同时，他的鼻孔里又涌出鲜血。"这坚硬的铁浮标不是马上就能打开的，自己恐怕撑不住了。"想到这里，小林芳雄头晕乎乎的，意识模糊。

他做了一个噩梦，梦见魔人铜锣从黑暗里龇牙咧嘴地朝他走来。青面獠牙的巨脸越来越大，还嘿嘿地笑个不停。突然，久别的明智先生出现了，明智先生正笑嘻嘻地前来救他。他喊着"先生"，扑上去与明智先生拥抱。可明智先生没有搭理他就迅速离去，而且越来越远，然后无影无踪了……

这时候，去工厂搬救兵的工人带来一个手拿工具的男子，他说这个男子会开浮标铁盖。

"太好了！赶紧打开它，里面好像有人。"

男子立即用手中的绳索系住浮标，将绳索另一头系在岸边的固定铁桩上。随后，他手持螺帽扳手走到浮标旁边，旋动铁盖上的螺帽。不一会儿，铁盖上的第一颗螺帽被卸下了。紧接着，第二颗螺帽被卸下。两分钟、三分钟、五分钟……时间过得很快。终于，第八颗，也是最后一颗螺帽被卸下。接下来，只需用螺丝刀插入浮标铁盖与浮标主体之间的间隙并向上翘动，就可以打开铁浮标了。一会儿，铁盖打开了。男子往里看了看，说："真的有人！不过看不清是男的还是女的。只能看到躺在里面，还不知是死是活。"男子说完，大家立即把小林芳雄抱了出来。

"呀，满脸是血！也许已经没有救了。"

"奇怪！衣服是女式的，脸却长得像男的。瞧，还是一个稚气未脱的少年。真可怜！"

"等一等，这少年还没有死。他的脉搏还在跳动。这血好像是鼻血。"

"他只是昏过去了。我来试一下，看看能不能恢复他的呼吸。"男子似乎很内行，只见他抓住小林芳雄的双手时而举起，时而放下。一下、两下、三下、四下、五下……

另一个工人趁这时间跑到附近派出所报案。一会儿，警察赶来了。

"啊，醒来了！别闭上眼睛，要打起精神！你已经脱离危险了！"男子欣喜若狂，大声喊了起来。

小林芳雄躺在岸边，呆呆地环视着周围。

"嘿，你终于醒了！你还好吗？你是谁？怎么进到这个浮标里的？你是被人关进去的吗？"警察蹲在小林芳雄身边问道。

小林芳雄只是动了动嘴唇，他连说话的力气都没有了。尝试了好几次，总算发出微弱的声音："我……我是明智大……大侦探的助手，叫……叫小林芳雄。"

"什么？你是明智侦探的助手小林芳雄？"警察吃惊地问道。警察是知道小林芳雄的，他的英雄事迹警察们都听说过。

"那是谁把你塞进这里面的？"

"是魔人铜锣。"

"是魔人铜锣？"警察恍然大悟，随即站起身，瞪大眼睛扫视四周，仿佛恶魔就藏在附近似的。

快到早晨七点了，河堤道路上的行人渐渐多了起来。转眼间，周围人头攒动，大家七嘴八舌。

"等一下我再详细汇报。现在，请立刻把我送到明智侦探事务所。"小林芳雄摇摇晃晃地爬起来，请求警察。

警察立即用对讲机报告警察局，又与明智大侦探取得联系。三分钟过后，警察用警车载着小林芳雄朝明智侦探事务所急驶而去。

到达事务所的时候，小林芳雄的精神面貌已经基本恢复。明智大侦探亲自下楼迎接，小林芳雄一看见明智先生，眼泪夺眶而出。"先生！"他扑过去与先生拥抱在一起。

"太好了，真是太好了。你能平安回来，比什么都好！你受苦了！"明智大侦探说完，轻轻抚摸着小林芳雄的脊背。

"我还以为再也见不到先生了。"小林芳雄望着明智大侦探，眼里满是泪水。

俊一在野上明和别动队队员的帮助下获救了，小林芳雄得救了。魔人铜锣的阴谋没有得逞，可他肯定不会就此罢休，他肯定还会策划更险恶的阴谋。魔人铜锣究竟是谁？他为什么要袭击真由美姐弟俩呢？

流动大本营

小林芳雄得救后，向明智先生详细地汇报了情况。原来，魔人铜锣的大本营建在隅田川河底。警察接到报案后，立即潜入水下展开搜索，可一点儿线索也没有找到。

第三天晚上，明智大侦探来到花崎检察官家，因为魔人铜锣的目标直指他家的两个孩子，所以他们在会客室里就今后的计划作了一番部署。

其间，电话铃突然响了，花崎检察官拿起听筒，顿时脸色骤变。电话里传来"咣……咣……咣……"的声音，声音由弱到强，耳朵都快被震聋了。"啊哈哈哈……"电话里突然又传出人的笑声。

"是那个家伙！是魔人铜锣打来的电话。"花崎检察官用手捂住话筒，悄悄对明智大侦探说。

"把电话给我，我来回答他。"明智大侦探从花崎检察官手中接过了电话。

"你是谁？快说！"明智大侦探大声呵斥道。

"啊哈哈哈……那你是谁？是花崎检察官吧！"

"不对，我是明智小五郎。"

"怎么？明智也在这里？嘿，我正想找你呢，那就趁这个机会跟你聊聊吧……你应该知道我是谁吧？"对方用嘲弄的口气慢悠悠地说。

"你要是有话对我说，那就快说。"明智大侦探语气平静，但声音洪亮。

"我想，你大概有话要问我吧？"对方非常自信。

"我没有什么要问你的。你是谁以及你的目的，我都清楚。"

"哈哈，那当然喽！因为你是日本最有名的大侦探。好吧，那就由我来问你。你们搜查过隅田川河底了，怎么样？还是没有找到我的大本营吧？但我的总部确实在隅田川河底。你能解开这个谜吗？"

魔人铜锣的大本营果然在河底！可警方的搜索并没有找到任何线索，这究竟是怎么回事？其实明智大侦探心里也没有底，但他不能表露出来，于是他说："我当然知道谜底，这还用得着猜吗！"

"啊哈哈哈……你的语气很勉强，别打肿脸充胖子了，你就求我告诉你答案吧，我打电话来就是为了给你提供线索的。"

其实，明智大侦探还不清楚魔人铜锣的大本营究竟在哪里。可不管怎么说，堂堂的明智大侦探是不能在罪犯面前认输的。当然，在短短的几秒钟里回答这一问题，即便再有名的侦探，也是有困难的。

"我知道你的秘密。"明智大侦探说话时非常冷静。

"我看你是死要面子。好吧，那你说说我的大本营到底在哪里。连警方都找不到，何况你还没有去过河底呢。哈哈……"

"当时，你确实居住在隅田川河底，可现在你已经不在那里了。"明智大侦探眉头一皱，计上心来，单刀直入。

"嘻嘻，那是当然了。我现在已经迁到陆地了。假如我一直住在水底，你们肯定能找到我，至少应该能找到痕迹。因为水底住宅不是轻易可以拆除的。"

就在这时，明智大侦探恍然大悟。他的脑海里突然闪现一个想法，他知道答案了："虽没有拆除，但已经不在原来的位置了。"

"你还在硬撑，我看你还是谦虚一点为好。现在，让我来告诉你答案吧。"

"不用啦，我已经一清二楚了。"

"是真的吗？那你快说呀！"

"是潜艇。"明智大侦探直接说出了答案。

"你说什么？潜艇怎么能驶入隅田川这条又小又浅的河呢？"

"你那只潜艇是小型的，什么浅水河都能行驶。

可就是有潜艇，你也有过失败的经历！怎么样？我说的没有错吧？"

"你说对了，不愧是明智大侦探。你说的，与事实完全一样。"魔人铜锣认输了，不过他还有其他问题。

恶魔的身份

　　魔人铜锣继续说道："明智，我爱记仇。我与你之间的较量，又要拉开序幕了。我绑架真由美和俊一，就是让你迎接我的挑战。虽然我屡次败给你，但我不会认输的。我这话，你可别忘了转达花崎检察官。从今天开始的一个星期内，我还要绑架真由美和俊一，我要让他俩永远消失。为了实现我的崇高目标，我不达目的决不罢休。明白了吗？明智，总有一天，我还要在我的大本营里与你相见。到那时，你就是阶下囚！你最好多留点神，我说到做到！"

魔人铜锣说完一大堆恐吓的话，电话里又响起那令人生厌的声音："咣……咣……咣……"声音由强渐弱，然后消失了。

"我想，他肯定是在公用电话亭用公用电话打来的。我们请电话局查找，再请警方赶赴电话亭，肯定来不及。所以，现在只能等他出招了。还有……"明智大侦探返回刚才坐的椅子，隔着桌子注视着花崎检察官的脸。

明智大侦探继续说道："这家伙装出擅长魔法的样子，但其实他也不是什么能呼风唤雨的妖魔鬼怪，他和我们是一样的人。我总觉得，他似乎与你有积怨。他先后绑架真由美和俊一，其目的是要你担心、痛苦。你想想，有什么与你有仇的人吗？"

"让我想想看。有一段时间，罪犯们在背地里骂我是'魔鬼检察官'。干我们这一行的，对于罪犯，决不姑息。于是，罪犯们咬牙切齿。不过，像这样执意报复的罪犯，我还真一时想不起来。"

"罪犯们都不愿反省自己，相反，他们对检察官心怀仇恨并伺机报复，这是很有可能的。你再好好回忆一下你办过的比较重的案子，当中的罪犯有没有最近刚出狱的，或者越狱的。"

"这种倒是不多。对了，会不会是这几个家伙……"花崎检察官在纸上一连写了五六个人的名字，给明智大侦探看。

明智大侦探凝思片刻，指着其中的一个说道："多半是这个家伙。"他的嗓音很低，但铿锵有力。

"什么？这家伙是魔人铜锣？"

"是的。能化装魔人铜锣的非他莫属。其实，搅得东京城里不得安宁的，就是这个家伙。"

明智大侦探说完，紧盯着花崎检察官的脸。花崎检察官脸色苍白，目不转睛地注视着明智大侦探。两个人面面相觑，足足一分钟的时间没有吭声，身体也没有动弹。终于，还是明智大侦探露出笑容，打破了沉闷的局面："你也不必担心。只要有我在，那家伙的阴谋是不会得逞的。但是，我们都必须提高警惕，加强防范。现在，我们也只有采取特殊手段才能制服他。他很会耍魔法，那我也以其人之道还治其人之身。也许我的办法你未必能接受，但不这样做，是很难战胜对手的。"

明智大侦探说完，附在花崎检察官的耳边嘀咕了几句。花崎检察官没有反对，相反，他仿佛吃了一颗定心丸，脸上看起来轻松多了："原来是这么回事，那我放心了，那就一切拜托你了。"两个人的脑袋又凑到一块儿，开始研究具体对策。

两个老爷爷

　　东京都西边的西多摩郡，有一个叫"平泽"的小村庄，位于多摩川上游，风景美如画。距离平泽村一百米的地方，有一户独门独户的农家，农家所在的地方偏僻、冷清。

　　最近几天，这户农家的房子里住进了四个陌生人。老爷爷满头白发、胡须花白，看上去大约有七十岁。老奶奶的头发黑白参半，看上去也将近七十岁。此外，有一个十六七岁的农村少女和一个十二岁左右的农村少年。农村少女长相一般，她似乎不喜欢打扮。农村少年长得也不怎么样，脸黑黝黢的，全身脏兮兮的。他们俩好像是姐弟，既不上学，也不到山里去玩，从早到晚足不出户，一心一意地在家看书。

白发爷爷不种庄稼，在家种花打发日子。时值夏日，正是牵牛花争艳的时候。一天清晨，白发爷爷在屋檐下的走廊上摆满了牵牛花盆景。红牵牛花、蓝牵牛花、紫牵牛花……竞相比美，相映成趣。身穿卡其色工装的白发爷爷，正弯腰为牵牛花灭虫。

"早上好，老人家，您起得真早啊！"白发爷爷循声望去，院墙外站着一个农村爷爷，笑容可掬，正望着自己。农村爷爷身着单衣，衣服满是污垢，还皱巴巴的。一头花白的头发乱蓬蓬的，下巴上一大把胡子一直垂挂到胸前。脸被太阳晒得黑里透红，呈古铜色。

"您是哪位？以前从没见过您啊……"白发爷爷说。

"我是邻村的。老人家，您种的牵牛花实在太漂亮了，所以我忍不住跟您打了个招呼。"

"原来是这样。您也喜欢牵牛花？那就到院子里来观赏吧。"听主人这么说，农村爷爷就推开院门，走了进来。

"来，请坐在这里吧！"说完，白发爷爷坐在屋檐下的椅子上，农村爷爷也坐下。两个爷爷并排坐着，谈论着牵牛花的种植方法。

农村爷爷说，他想欣赏院子里所有的花草。他便站起身来，一边朝院子深处眺望，一边去后院转了转。白发爷爷跟在农村爷爷身后，朝院子深处走去。两个爷爷一前一后，保持着一定的距离。等到农村爷爷沿着房屋拐角转弯来到房屋侧面时，白发爷爷迅速打开屋檐下的木箱盖子，弯下腰不知干了些什么。很快，他又站起身来。与此同时，木箱里飞出一只鸽子，在空中转了一圈后朝远处飞去，很快消失了。农村爷爷丝毫没有察觉，在院子里转了一圈后回到屋檐下刚才坐的地方。

就在他们往回走的时候，白发爷爷在后面叫道："喂，这是您的吗？掉在这里了。"这是一只呢绒钱包，比一般钱包大好几倍。

"啊，是的，是的。这是我的钱包。"农村爷爷赶忙接过来揣进怀里。

"哈哈，这钱包里的东西很贵重吧？好重呢。"

"没，没有，没有什么大不了的。就一点点钱，哈哈……"农村爷爷搪塞道。

两个老人又聊了一会儿，白发爷爷说："我去给您沏茶，请您稍等片刻。"说完，白发爷爷转身到房间里去了。

农村爷爷见周围没有人，他朝四周看了看，又从门口往屋里看。他看见左边房间的床上支着蚊帐，一对姐弟正在蒙头大睡。农村爷爷望着屋里的情景，脸上的表情猛地凶狠起来。这农村爷爷不会是小偷吧？

这时候，白发爷爷从右边房间出来，笑着说："你太可怜了，又中了我的埋伏。"

"您，您说什么？"虽然装糊涂，可农村爷爷已经准备逃跑了。

"哈哈，已经晚啦！别看我这样，我跑起来可是很快的，你怎么逃得走呢？"

农村爷爷回到屋檐下，一屁股坐在椅子上："您说什么呀？我只是……"

"哈哈，你只是想核实一下蚊帐里的姐弟俩吧？其实，我已在这里等候你多时了，这是我设的局。"

两位老爷爷横眉冷对，相互怒视，似乎都看清了对方的真实面目。只见农村爷爷敏捷地把手伸进怀里，掏出手枪对准白发爷爷："怎么样？哈哈，没有想到吧？你拾金不昧的钱包里竟放着这个铁家伙！我只要扳动一下食指，你就没命了！"

白发爷爷从容不迫，不慌不忙，脸上堆满了笑容。

"怎么？你不怕？你不要命了？"

"自己的生命，谁不爱惜？可你那把手枪，没什么可怕的。我说这钱包是拾到的，其实是骗你的。我是从你怀里偷走的，子弹已经取出来了。"白发爷爷说完，从卡其色工装口袋里掏出六颗子弹，放在手心里，故意摩擦出声音。

第二把手枪

白发老人又笑着说道："说实话，我在这里等你很长时间了。我知道你一定会来这里把这姐弟俩带走。"

农村爷爷冷笑着说："那你一定知道我是谁咯？"

"当然知道。你就是那个扮成魔人铜锣的家伙。"

农村爷爷站起身，两位老爷爷怒视着对方。

"嗯，你说对了，不愧是大侦探明智小五郎。好吧，你打算怎么样？"农村爷爷突然换了一副年轻人的嗓音，气焰嚣张。

白发爷爷原来是明智大侦探化装的，他一下猛扑上去，嘴里喊着："抓住你！"然后说："真由美、俊一，赶快把绳子拿来！把这家伙绑起来！"

原来，在蚊帐里假装睡觉的姐弟俩是花崎检察官和两个孩子——真由美和俊一。听到化装成白发爷爷的明智大侦探这么喊，身穿睡衣的姐弟俩立即从床上跳了起来。很快，真由美拿着绳子跑了出来。

"啊哈哈哈……"化装成农村爷爷的魔人铜锣，一边笑一边躲开明智大侦探，跑到院子中央，"这两个小家伙果然是真由美和俊一。你把他俩藏到这里来，我早就料到了。明智大侦探，你没有想到吧？"

"这又怎么样？你孤军深入，而我们是三个人。三对一，就凭这点，你也应该老老实实受降。"化装成白发爷爷的明智大侦探说完，扑向化装成农村爷爷的魔人铜锣。

就在这时，魔人铜锣把右手插入怀里，他的手上出现了第二把手枪。

"哈哈……没想到吧？我准备了两把手枪。"

魔人铜锣皮笑肉不笑地望着神色略显紧张的明智大侦探。

很快，他转过身，将枪口对准真由美和俊一："你俩赶快用绳子把明智绑起来！明智，快把两只手放在背后！快！否则，我就要开枪了！"

明智大侦探小看了魔人铜锣，他没想到他身上还有第二把手枪。明智大侦探麻痹大意，败在魔人铜锣的手上，这也太失误了吧？真由美和俊一的命运，到底会怎么样呢？

大侦探的绝招

真由美和俊一被逼无奈，他们用绳子把明智大侦探绑了起来。

魔人铜锣握着枪走到明智大侦探跟前检查绳子是否绑紧了。随后，他自己亲手紧紧地打了一个结。

"明智，最终还是我获胜了。真由美和俊一，我就带走了！我这个农村爷爷带着两个农村孩子，一路上是不会受到任何怀疑的。"魔人铜锣说道。

他又转过身对真由美和俊一说："好了，你俩快到我这里来！"化装成农村爷爷的魔人铜锣突然变得温和，朝两个孩子伸出手去。

突然，传来一阵低沉的笑声。仔细辨听，声音是从明智大侦探嘴里发出的。声音越来越响，明智大侦探抬起脸，表情似笑非笑。终于，他的笑声爆发了："哈哈，你留有绝招，我也有绝招！小林芳雄，快摘下发套让他看！"只见化装成真由美的孩子把两手放在脑袋两侧，麻利地摘下发套。原来，农村少女是化装而成的。

"怎么样，又上当了吧？小林芳雄上次化装成真由美，吃了你不少苦头。这一回我设下的圈套，与上回相同。可是，你这个自以为是的家伙重蹈覆辙。活该！农村少年也不是俊一本人，而是与俊一长得很像的一个孩子。哈哈，怎么样？你好不容易把我绑住，可真由美和俊一都不是本人，你得逞不了吧？我的绝招，远远不止这些呢！瞧，这绳子也是绑不住我的。"明智大侦探说完一转身，灵活地抽出两只被绑的手。虽然身上还绑着绳子，但双手已经获得自由，剩下的就简单了。

原以为稳操胜券的魔人铜锣见状大吃一惊，握枪的右手也不由自主地垂向地面，他瞠目结舌地待在原地。小林芳雄瞅准这一时机，朝魔人铜锣猛扑过去。

"畜生！"魔人铜锣破口大骂，但手枪已经被小林芳雄夺走，他变得赤手空拳。

小林芳雄握住手枪，反过来对准他。这一回，轮到魔人铜锣乖乖地举起了双手。可魔人铜锣毕竟是久经沙场的老手，很快，他就从惊慌失措变得镇定自若。他咧开嘴狡猾地笑了："嘻嘻，你们准备把我怎么样？我料你们不敢开枪，只能吓唬吓唬我，可我是不会顺从你们的。所以，现在我已经没有必要继续留在这儿了，我要离开了。再见！"魔人铜锣料定小林芳雄不敢开枪，便转过身来慢悠悠地朝院子大门走去。

"站住！"明智大侦探大声喝道。魔人铜锣不由得停住脚步，回头看了看。

"你难道还没有听见吗？你听，越来越近了。这是我的又一个绝招。"明智大侦探一脸得意，满面笑容。

魔人铜锣似乎也听到了声音，面如土色。院子大门外传来汽车的声音，随着一声刹车声响，车上下来三个全副武装的警察，朝院子跑来。

这时，魔人铜锣的背后也传来声音，是明智大侦探在说话："看清楚了吧？你是不可能逃走的！由于没有时间用电话报警，我就用信鸽发信号了，信鸽的飞行速度还真快呀！刚才，趁你不注意，我把信鸽放了出去。从这里到警察局，信鸽需要飞行十分钟左右。为了拖延时间，我故意与你周旋，等待警察赶来。"

魔人铜锣终于束手就擒了。可他未必悬崖勒马，他毕竟擅长魔法，说不定，他还会有绝招。

还有绝招

　　腿脚酥软的魔人铜锣神情颓然，耷拉着脑袋。突然，他朝明智大侦探跟前猛跨一步，狂叫道："还没有到我认输的时候，我还有绝招！"

　　小林芳雄的手枪虽对准了魔人铜锣，但他不能射击。魔人铜锣迅速扑向明智大侦探，就在他双手快要碰及明智大侦探的时候，他猛地一闪，从明智身旁夺路而逃。他跳到屋檐下的走廊里，一溜烟地藏进了房间。警察们来到屋檐下，可魔人铜锣已经不见了。

　　"快堵住房子后门！他打算从那里逃走！"

听明智大侦探这么说，警察们立即朝屋子背后跑去，可已经来不及了。魔人铜锣早已从后门越过院墙，一阵风似的朝后面大山的森林里跑去。

警察紧随其后，朝森林方向追去。森林里没有路，茂密的枝叶遮挡在天地之间。树林里漆黑一片，荆棘丛生，蒺藜草和蔓草淹没了前进的路，大家怎么也走不快。魔人铜锣在前面时隐时现，三个警察不时地朝天开枪。但这种恐吓手段无法让魔人铜锣停住脚步，转眼间他就无影无踪了。

突然，可怕的响声吓得警察们停住了脚步："咣……咣……咣……"他们环顾四周，无法辨出声音来自何方。声音起初很轻，而后由弱渐强，几乎要将警察们的耳朵震聋。

突然，前方树林里出现一大片白茫茫的雾，犹如在黑暗的森林里挂上了一块巨大的银幕。警察们仔细观察，发现银幕上映出了模模糊糊的东西。呀，是一张人脸，一张边长五米左右的方形巨脸！只见那张脸上鼻尖高高隆起，嘴巴两角一直延伸到耳朵根部，黑洞洞的嘴巴里长着两颗匕首般的大獠牙。是魔人铜锣，他露出了本来面目。

"射击！"不知是谁大喊一声，子弹带着红色火光朝恶魔的脸呼啸而去。可子弹发出后，银幕上的巨脸毫发无损，还张嘴大笑。

勇敢的警察们一鼓作气，朝魔人铜锣扑去，企图抓住他。然而，大家靠近后，银幕上的巨脸就像融化了似的，没了踪影。警察们来到银幕跟前想看个究竟，可到达之后发现，这里白茫茫的一片，什么也没有。头顶上，只有白雾般的东西在飘动。

这时候，又不知从哪里传来讽刺的嘲笑声："咣……咣……咣……"声音里还夹有别的声音，仿佛是树林中狂风大作的声音。与此同时，四周的树木剧烈地摇晃起来。

警察们恍惚起来，他们继续向前。前方突然明亮起来了，不再是森林，而是一片空旷的草地，狂风就是从这里刮起的。警察们赶紧钻出树林，朝草地前进。

"呀，快看天上！"走在前头的警察用手指着天空喊道。原来，草地上的天空中有一架直升机在盘旋。魔人铜锣乘坐直升机逃走了，直升机一定是事先埋伏在这里的。

直升机还在低空盘旋，驾驶舱里的情况警察们看得十分清楚。驾驶座上，魔人铜锣的驾驶员正在驾驶，坐在旁边的魔人铜锣正笑嘻嘻地向下俯视。警察们握着拳头，朝直升机大声叫喊，但已经无济于事。他们朝直升机开枪，但都没有打中。直升机逐渐升向高空，朝着东京方向飞去。渐渐地，直升机在空中越来越小，小得像米粒一般，然后消失了。

魔人铜锣溜之大吉，但他两手空空，什么也没有捞着。不过，明智大侦探最终也没能将魔人铜锣捉拿归案。他也没有想到，狡猾的魔人铜锣居然在深山老林里准备了直升机！

地底歌声

　　花崎检察官家的别墅里，发生了一件怪事。

　　藏在西多摩郡大山里的，不是真由美和俊一姐弟俩本人。那么，他俩应该在自己的家里。可事实并非如此，他俩从自家别墅消失后，按照明智大侦探的部署，隐蔽到了一个秘密场所。除明智大侦探外，只有花崎检察官夫妇俩知道两个孩子的去处。家里雇用的人，没有一个知道姐弟俩的真正去向。于是，家里乱成一团，大家都以为真由美和俊一遭到了魔人铜锣的绑架。花崎检察官夫妇俩也装作心急如焚的样子，打电话到处询问，还把这一情况通知了警察厅的中村警部。中村警部接到报案，随即带着几名警察到家里来了解情况。

中村警部是明智大侦探的好友，他心里也清楚实际情况。可他也必须假戏真做，否则，是钓不到魔人铜锣这条大鱼的。因此，他装模作样，带着众警察在花崎检察官家的别墅里到处搜查，制造声势。

此后，别墅里每天都来一名警察查看情况。说是警察，穿的却是普通西装之类的便装，看上去就像是花崎检察官的助手，因此没有人怀疑。这位警察被派到花崎检察官家的别墅里，是担任什么任务呢？他总是坐在俊一的书房中一直眺望窗外，难道是等待魔人铜锣自投罗网吗？

这期间，别墅里发生了一件怪事。

一天傍晚，一位女用人慌慌张张地跑到真由美和俊一的妈妈的卧室里："夫人，好奇怪啊！我刚才在院子里走路时，忽然听到轻轻的歌声。是一首俊一平时最爱唱的歌，声音与俊一像极了。我循声寻找，找到院子的树林里，树林里却没有人。可奇怪的是，歌声没有间断过。夫人，我琢磨了一阵子，感觉这歌声好像是从地底下传出的。我好害怕，赶紧跑来向您报告。夫人，莫不是俊一在院子的地底下？那歌声听起来非常悲伤和凄凉。"女用人说完，害怕地扫视了一下周围。

夫人听完，并没有流露出特别担心的表情，而是笑着安慰女用人："这是你的错觉吧，怎么会有这种怪事呢？兴许是邻居家孩子在我们围墙外唱歌。"女用人见夫人并不理会，便转身走了。然而，奇怪的歌声不是女用人的错觉，俊一确实在地底下唱歌。可是，俊一在哪儿呢？

当天晚上，天空没有星星也没有月亮，漆黑一片。一架直升机突然从别墅的上空飞过，天空传来螺旋桨快速旋转的声音。平日里，花崎检察官家的上空常有飞机经过，因此谁也没有怀疑。

不一会儿，别墅院子的上空出现了一片白茫茫的大雾，大雾里出现了一张熟悉的脸——恶魔的巨脸。"咣……咣……咣……"教堂钟声般的巨响在天空回荡。花崎检察官以及家人都跑了出来，站在院子里仰望天空。

大雾里的巨脸可怕极了，怒目獠牙，目光贪婪，似乎在狂笑："咣……咣……咣……"这家伙在天上，大家一时想不出什么好的对策，只得逃到客厅关上房门和窗户，捂住耳朵。

防空洞内

　　第二天，俊一的书房里来了一位陌生警察。像往日一样，他忠于职守地坐在那儿。今天的警察是一张新面孔，他对大家说："我是刚调任来的刑事侦查警察，请大家多多关照。"他逢人便打招呼，面带笑容，大家都觉得他平易近人。

　　新警察从白天到晚上一直坐在俊一的书房里，寸步不离。晚上九点，大家都回各自房间休息了。此刻，别墅内外鸦雀无声。新警察推开俊一书房的窗户，跳到院子里扫视四周。确认周围空无一人，他径直朝院子的树林里走去。新警察究竟想干什么？

树林里有一堵矮围墙，新警察来到这里，推开围墙一边的方形铁门。这里是战争时期留下的防空洞，铁门是出入口。这个防空洞是用混凝土和钢筋浇筑的，非常牢固，不用时可以当储藏室，所以一直留到现在。新警察推开铁门，沿着楼梯进入防空洞。

新警察来到防空洞，这里还有一道铁门。"咚，咚，咚"，他敲了几下。

"谁？"孩子们问。

"是我，爸爸，快开门！"新警察的声音酷似花崎检察官，可见，这位可疑的新警察模仿能力很强。

吱呀一声，铁门开了。啊呀，怎么是这种地方……下落不明的真由美和俊一居然藏在防空洞里。防空洞的天花板上垂吊着一盏电灯，微弱的灯光照在姐弟俩的脸上。为躲避魔人铜锣的追踪，他俩假装消失。其实，他们隐蔽在院子的防空洞里，一日三餐由妈妈趁大伙不注意时悄悄送来。

他俩听到熟悉的声音，认定是爸爸，毫不犹豫地打开了铁门。可是……已经来不及了。新警察强行推开铁门，进入防空洞内。

"你们俩一个叫真由美，一个叫俊一吧？"新警察喜不自禁。

"是的。你是谁？"俊一反问道。

"我是警察厅的刑事侦查警察，来接你们出去的。现在外面没有人，出去不会有什么危险，快跟我走吧。"

俊一思考片刻，似乎觉察到了什么，问道："那你为什么要冒充我爸爸？"

"别多心！我跟你们开玩笑的。好了，跟我出去吧！"新警察说完便伸出手。

姐弟俩赶紧闪开。"我不出去！为什么爸爸妈妈不亲自接我们出去？他们和我们俩说好了，除爸爸妈妈和明智先生外，谁也不进来。如有陌生人，肯定是坏人。"俊一说到这里，拽住姐姐的手往后退。

真由美补充道："是的，妈妈今天早上还告诉我们，昨晚大家在院子里看见魔人铜锣的巨脸出现在天上。她一再叮嘱我们，这多半是魔人铜锣要出现的预兆。"

俊一大声嚷道："是的，我妈妈是这样说的。你不是魔人铜锣本人，就是他的手下。喂，我没有说错吧？你是来绑架我们俩的吧？"

新警察阴险地笑道："嘻嘻，你俩还真够聪明的！不过，为时已晚，一切木已成舟。我实话告诉你们吧，我就是你们说的那个可怕的魔人铜锣本人。嘻嘻，我还是一个天才化装师，不管什么模样，我都能化装得惟妙惟肖。今天清晨，一直在俊一书房执勤的真警察已被我关押起来，我是冒充他的。好了，你俩就乖乖跟我出去，别耍小聪明了！"

真由美和俊一你看看我，我看看你，然后会心地笑了。俊一顽皮地说道："啊呀，铜锣先生，您又搞错啦。我可不是俊一，她也不是真由美！"少年说话时带着讽刺的语气，"我是流浪儿别动队的，叫安公。她是我的同伴，叫阿阳。没有想到吧？你上当了！"

安公和阿阳迅速躲开魔人铜锣伸过来的大手，一溜烟地逃到铁门外边。"咔嚓！"他们关上铁门，并挂上了大锁。

流浪儿别动队的队员们个个机灵敏捷，尤其是安公，他长得瘦小，是小有名气的"泥鳅"。魔人铜锣这个搅得东京不得安宁的家伙，终于被关在防空洞里了。

老鼠嬉闹

化装成新警察的魔人铜锣抓住铁门，又是推，又是拽，可铁门岿然不动。

魔人铜锣后悔起来，如果此时身上带着铁丝该多好。哪怕只有一根，只需弯两下，将它插入铁门外的大锁里，自己就能化险为夷。可遗憾的是，他没顾得上带这个小玩意儿。更不可思议的是，他竟栽在两个小家伙手里，还被他们反锁在防空洞内。无奈的他垂头丧气，一屁股坐在防空洞潮湿的水泥地上。

"明智这家伙实在太可怕了！我万没有想到他

会如此诡计多端，他竟然在这里设置陷阱。上次跟踪他到西多摩大山里，不料那对姐弟是假的。这一回好不容易潜入别墅防空洞，不料这对姐弟又是假的。"明智大侦探深不可测，屡屡上当的魔人铜锣束手无策。他坐在地上苦苦思索，眼角余光察觉到防空洞里好像有东西在动。

"按理说，空荡荡的防空洞里不可能有动物之类的东西，真奇怪。"想到这里，魔人铜锣迅速环视四周。忽然，正前方混凝土墙下一个直径约十厘米的圆形洞穴映入他的眼帘。洞穴深处漆黑一片，而刚才活动的东西好像就在洞穴那里。洞穴内有什么？会不会是蛇之类的动物？

魔人铜锣害怕起来，他歪着脑袋，提心吊胆地观察洞穴里的情况。忽然，昏暗的洞穴里探出一个小小的脑袋，朝魔人铜锣瞟了一眼。这家伙小眼睛，尖嘴巴，长着五六根胡须。

"咦，那不是老鼠吗？"魔人铜锣不由得嘀咕起来。这时候，老鼠在洞口打探了一会儿，确定没什么危险，便大胆地走出洞口。

"既然有老鼠出来，这洞穴与外面肯定相通。如果把洞挖大，也许我就能逃出去了！"魔人铜锣的脑袋里闪出这么一个念头。事实上，洞穴确实通向防空洞外侧。可那里是什么地方？若魔人铜锣知道了答案，他一定会心惊肉跳的。

　　此时，老鼠沿着防空洞墙角朝防空洞中间走来。接着，洞口又探出一个小脑袋。这是第二只老鼠。第二只老鼠走出洞穴的时候，洞穴里又出来第三只老鼠。紧接着，第四只和第五只老鼠相继跟着出来了。洞穴里一共出来了五只老鼠。

　　"奇怪，怎么有这么多老鼠排队出来？防空洞里根本就没有吃的东西呀！"魔人铜锣觉得有些不对劲，一想到这些老鼠是来嘲笑自己的，他就气不打一处来。

　　"这些小畜生！"魔人铜锣突然站起身来追逐起老鼠来，他企图把它们赶回洞穴里，可老鼠们无论如何也不愿意回去。怎么回事？或许洞穴里有凶狠的动物，它们不敢回去？

　　忽然，魔人铜锣听到"哗哗"的声响，哗哗的水流从洞穴里涌向防空洞，魔人铜锣惊呆了，有人在故意放水！洞穴那一头肯定有水，老鼠们是在水的驱赶下，逃到防空洞避难的。紧接着，水流越来越大，一转眼就喷涌而出。

"我明白了！洞穴与那个池塘是相连的！"魔人铜锣想起了别墅院子里有一个池塘，自己曾经在那里上演过"水中巨脸"闹剧，吓得俊一连滚带爬地逃回房中。魔人铜锣被人反锁在防空洞的时候，不知是谁打开了池塘底部洞口的盖子，故意让水涌向防空洞。

水已经淹没防空洞地面，然后上涨到魔人铜锣的脚踝。但水流并没有停住，水位还在不断上涨。

不知什么时候，五只老鼠抢先爬到床上。魔人铜锣也跟着爬到床上。水位继续上涨，很快淹没了防空洞唯一的床。

魔人铜锣踩着水靠近铁门，又是推，又是拽，但一切都是徒劳的。水位还在上涨，淹没了魔人铜锣的腰部。

水中铜锣

　　水位仍在上涨，没过魔人铜锣的腹部、胸部和肩部。由于水的来源是池塘，整个池塘的水淹没防空洞绰绰有余。

　　水不断地流进来，水位还在上升，几只老鼠拼命游起泳来，它们朝魔人铜锣游去。对于老鼠来说，魔人铜锣的身体仿佛大海里高高耸起的岩石，除了爬到魔人铜锣的身上，它们别无选择。魔人铜锣见老鼠爬到自己身上，便用两只手在肩膀上挥来挥去，试图赶走它们，但这一切都是徒劳。

　　很快，水淹没了魔人铜锣的脖子、下巴和嘴

巴。无论他使出多大力气，他也无法站稳。无可奈何的他，只好在冰冷的深水里开始划动双手。

老鼠开始爬到魔人铜锣的头顶上躲水。由于魔人铜锣化装了一番，所以他头上又厚又密的头发其实是假发套。那些老鼠拼命往假发套的发丛里钻，无论如何不愿意离开。魔人铜锣拼命驱赶老鼠，没想到手指却被老鼠咬了一口。紧接着，他的耳朵、鼻子也都被老鼠咬得鲜血淋漓。老鼠的牙齿尖锐锋利，魔人铜锣满脸是血，惨不忍睹。

为躲避老鼠，魔人铜锣不得不将脑袋潜入水里。老鼠们这才依依不舍地离开他的头顶，在水面上游了起来。不过，魔人铜锣水性再好，也不可能一直潜在水里。等他浮出水面换气时，老鼠们就又急不可耐地朝他拼命划去，紧急"登陆"后，又是一通乱咬乱抓。魔人铜锣无可奈何，只得头顶着五只老鼠在防空洞水库里游来游去，拼命挣扎。

这时候，迅速上涨的水面就要与天花板上悬挂的电灯"接吻"了，距离仅有六十厘米左右。水位仍在上涨。突然，灯光附近的水面颜色发生了变化。糟了，灯泡浸在水里了，天花板上的光线猛地暗了下来。灯泡在水里继续亮着，灯光在水下随着波纹投射出美丽的光泽。

几分钟后，电灯突然熄灭了，防空洞水库里变得一片漆黑。在死一般寂静的黑暗里，冰冷的水不时地翻滚起水泡。老鼠们依旧死死地在魔人铜锣的脸上和头上挣扎。一向胆大包天的魔人铜锣，开始害怕起来。再有十来分钟，水就要淹没整个防空洞了，他将无法呼吸，只能在挣扎中死去。

比起这，让他觉得最可怕的是眼前什么也看不见。他浑身上下被冰冷的水冻得不停地颤抖，心跳加速。

恐惧笼罩着防空洞。

"救命！我快要被淹死了！谁来救救我……"魔人铜锣拼命呼救，声嘶力竭。他已经不能再施展魔法，更不能卖弄绝招。现在，即使他有三头六臂，也无济于事了。

不过，尽管魔人铜锣作恶多端，但像这样的死法也太惨了。难道明智大侦探是想这样杀掉他？

声嘶力竭

与此同时，别墅的院子里聚集着几十个黑影。尤其是防空洞的出入口处，围着很多人。

院子里的池塘周围有四五个黑影，好像是些少年。突然，不知是他们谁的手电筒的灯光照亮了池塘。

"呀，池塘里的水怎么减少了这么多？那防空洞里的水没准儿已经淹没天花板了。"

"嗯，再不快去救他，他会被水淹死的！"

说话的，都是些少年。池塘里的水，已经减少了一半。手电筒的灯光照亮了其中一个少年的脸，是井上一郎。他和身后的这些少年，都是少年侦探团的成员。

防空洞西侧出入口的铁门被关得紧紧的，周围有许多少年黑影。

"小林团长，这样做行吗？这家伙擅长魔法，万一逃跑了怎么办？"

"不会的，他哪有什么魔法，他只是一个普通人而已。从防空洞里逃走，恐怕比登天还难。"

手电筒的灯光照亮了正在对话的两个少年，他们一个是少年侦探团的团长小林芳雄，另一个是胆小鬼野吕一平。

"从池塘里的水位来看，防空洞差不多已经被灌满了，那家伙不会已经命归西天了吧？"野吕一平忧心忡忡地说。

"没关系，明智先生是不会让他死的，你们瞧。"小林芳雄手指着防空洞的洞顶。防空洞的洞顶从外面看像一座小山丘，小山丘顶上站着三个大人，不知在干什么。中间的大人一边拿着手电筒照明，一边打手势。另外两个大人各拿一把铁锹，在防空洞顶上挖了起来。

"噢，他们是在那上面挖洞救魔人铜锣呢！"

"不是救他，是逮捕他。狡猾的魔人铜锣，终于中了明智先生的埋伏。这下可好了，大家再也不用提心吊胆了。"

防空洞周围，除了少年侦探，还有几名警察。为捕获魔人铜锣，警察们布下了天罗地网，严阵以待。

浸泡在防空洞里的魔人铜锣，没有了往日的威风，正在凄惨地嚎叫："救命……快来人呐……救命……"

防空洞里灌满了水，水面与天花板间的距离只剩一点点了，氧气也越来越稀少。由于空间小，魔人铜锣的喊声压根儿传不到防空洞外。魔人铜锣喊累了，就默默地划水，冰冷的水冻得他全身麻木。

"畜生！明智这野小子，居然让我遭这样的罪……"魔人铜锣嘴里不时地暗暗嘀咕。

"轰隆隆，轰隆隆……"不知从哪里传来奇怪的声音，酷似摩托车的引擎声。

"不对，摩托车不可能驶到这里。那这是什么声音呢？"魔人铜锣伸出手摸摸天花板，脑子里不停地思索。随着声响的继续，天花板也颤抖起来。声音越来越响，天花板的震动也愈发剧烈。"难道是地震？"魔人铜锣搞不清状况，更加惊慌失措。天花板一旦塌方，土块就会掉落，魔人铜锣将会被活埋。

　　不一会儿，魔人铜锣头上开始有土块掉落下来，有沙土、石块，水面不停地被溅起水花，魔人铜锣预感末日即将来临。眼下，即便钻入水里也无济于事了。索性，他扬起脑袋，任凭沙土和石块砸下来。

狼狈不堪

防空洞上面的沙土被挖得差不多了，混凝土层已裸露出来，这是防空洞的天花板。铁锹是挖不动混凝土层的，于是，防空洞外的人又开始使用电动凿石机。魔人铜锣将电动凿石机的震动声误以为是地震声。

很快，电动凿石机凿开了一个直径五十厘米左右的圆洞。明智大侦探用手电筒对准圆洞，向下查看防空洞内的情况。

忽然，水里冒出魔人铜锣狼狈不堪的脑袋。那五只老鼠仍然没有离去，它们像抓救命草似的，死死抓住魔人铜锣的假发。魔人铜锣脸上血流满面。

随着明智大侦探的一声喊叫，一名警察迅速跑过来。他是警察厅的中村警部，他赶忙问道："魔人铜锣不要紧吧？"

明智大侦探回答说："不要紧。水已经不再流向防空洞，水位不会再上升了。不过，魔人铜锣脸上怎么都是血？这是怎么回事？"

"大概是石块砸的吧。"中村警部猜测说。

"不是，不是的。我明白了，你瞧，这家伙的脑袋上还趴着好几只老鼠呢！看来是它们造成的。真可怜，竟然还受小老鼠的气。"明智大侦探说完，苦笑起来。

水里的魔人铜锣似乎还没有明白过来，他眯着眼睛，目光呆滞地仰望着洞外。终于，他明白过来了。明智大侦探和警方正在洞外等他，自己已经是瓮中之鳖。不知怎的，他忽然激动起来，大声嚷道："喂，那家伙是明智吧！旁边的家伙是中村警部吧！"

"是的，铜锣先生。让你受苦了，实在抱歉呀。

不过，为了抓你，不这样做不行。因为你太不老实了，又狡猾，又会使用魔法。可现在，你的魔法不灵了吧？"明智大侦探说道。

"我的魔法，不管什么时候都很厉害的。不过，下回要是再碰上你，我是不会手下留情的！"

"哈哈，死到临头还嘴硬，真是不知天高地厚。我看你还是快闭上嘴吧，你那些魔法，根本算不上什么。"

"这么说，你又知道我接下来的绝招了？"

"知道，一点都不可怕。"

"那好，你走着瞧吧！"

"你还有什么要说的？在这冰冷的水库里，你还能坚持多久？"

"你打算让我拽着绳子出去？可我还不急着出去！"

"好一个顽固的家伙。那好吧，你就在水里待着吧。你使用的魔法，我都很清楚。天空中出现的巨脸，池塘水中出现的巨脸，'咣……咣……咣……'的怪声等。"

"你说你清楚？那你知道都是怎么回事吗？"

"哈哈，都是骗小孩子的把戏。那'咣……咣……咣……'的怪声，只要有扩音器就行。扩音器的声音，可以传到几百米远的地方。"

"嘻嘻，还真被你说得差不多呢。不过，另外两个可是有一定难度的哟，你也弄明白了？"泡在水里的魔人铜锣伸出满是鲜血的脸，恬不知耻地说。

"很简单，你的那些所谓魔法，其实都是一些骗小孩子的把戏。只是这些小把戏有点儿新奇，出乎人们的意料，所以轰动不小。其实只要掌握你的规律，揭开谜底就很简单了。"

"听你这口气，你知道谜底了？"

"当然。"

明智大侦探与魔人铜锣一个蹲在小山丘的圆洞边，打着手电筒，另一个则浸泡在水里，不停地划水。尽管魔人铜锣的脸上在渗血，可他们的对话没有就此结束。

魔人真面目

地面上，小山丘旁边，少年侦探团跟流浪儿别动队的十来个少年，正鬼鬼祟祟地不知在干什么。

"喂，这主意太好了！这玩意儿是我从时装商店的垃圾箱里捡来的，是少年时装模特架，我来给它穿衣服。"流浪儿别动队的安公得意地说。安公把与自己个头差不多的时装模特架竖立在旁边，两只手扶住它，不让它倒地。这时装模特架只有一个耳朵，手臂和脚上也斑斑驳驳、坑坑洼洼，已经不能使用。

"你还真会出鬼点子，这能行吗？"少年侦探团的一个团员用讽刺的语气问。

"说不定能行呢。再说，这玩意儿是捡来的，若不行也没有关系。总之，试试看吧！谁去拿一套俊一的衣服来？"安公少年固执己见。

大家向小林团长征求意见。小林芳雄说："可以试试，安公的主意挺有意思的。魔人铜锣这家伙已走投无路，说不定他会上当的。我去取俊一的衣服。"小林芳雄说完，跑进了夜色中的院子，不一会儿，就拿了一套俊一的衣服来。

大家七手八脚，忙着给时装模特架穿衣裤。时装模特架蹲在地上，背后有一根小木棍，起支撑作用。时装模特架头戴学生帽，帽檐与眉毛一般齐，猛看确实有点儿像俊一。脸上的五官，与俊一也很像。

小林芳雄用手电筒照了一番，夸奖安公点子多："太好了，还真像俊一呢！"

黑暗中，俊一的替身就这么蹲在了地上。替身到底有何作用？别动队队员安公的葫芦里卖的是什么药？少年们站在俊一替身的周围，等待时机。

防空洞水里与天花板外的一问一答，还在进行。

"照这么说，你知道我其他魔法的秘密？"

明智大侦探轻描淡写地答道：

"是的。空中出现的巨脸，是绘制在玻璃上的画。经过灯光照射，影映在空中。这不过是骗小孩子的把戏！不过，这种把戏难以被人察觉。你先放出一架直升机让它停在附近某屋顶上，然后用探照灯似的幻灯机将绘制在玻璃上的脸映射在白色烟雾银幕上。于是，巨脸就出现在了空中。空中巨脸笑嘻嘻的，是白色烟雾晃动所致。

"怎么样？我说得没错吧？你不说话，就证明我说对了。你这样做，一定花费了不少钱。可你为什么要做这种事呢？你无非是为了报复花崎检察官，也为了恐吓社会。更主要的，是向我挑战。我没有说错吧？你一向喜欢搞出大动静。不过，出现在天空的巨脸，不过是玻璃画，这种策划，算得上别出心裁。"

水里的魔人铜锣没有吱声，他抬头望了一眼手电筒的灯光，然后闭上双眼，满脸无奈的表情。

明智大侦探继续说道：

"花崎检察官家的池塘里，曾出现浮在水面上的巨脸。这也是骗小孩子的把戏。你是在一个大尼龙袋上绘制巨脸，然后放上塑料眼珠，垫高鼻子，用白塑料棒制作两颗獠牙。连接这袋子的橡胶充气管，一直延伸到院子的树林里。你躲在树林里，时机合适的时候，便开始向大尼龙袋充气。于是，巨脸便向上浮起。

"怎么样？我说对了吧？你的这些魔法，在我看来不过是雕虫小技。当时，俊一看到巨脸拔腿就跑。躲在树林里的你立即跑到池边，捞起道具，排掉气体，折叠后夹在腋下逃走了。当时，你的身边有助手。要不然，你一个人是忙不过来的。"

魔人铜锣的一系列魔法秘密，被明智大侦探一一解开。真不愧为日本第一大侦探！魔人铜锣的伎俩，都没有逃过他的眼睛。此刻，水里的魔人铜锣依然沉默不语，浮出水面的脑袋也不再摇晃，不知是死是活。

明智大侦探继续说道：

"喂,你在傻乎乎地思考什么?我都说中了,你才垂头丧气的吧?哈哈,你还有不可告人的秘密,我也都很清楚。

"花崎检察官刚正不阿,秉公执法。严惩罪犯是他的职责。因为他曾对你提起公诉,你因此受到了法律的制裁。因此,你对他怀恨在心,伺机报复。我让花崎检察官回忆可疑的罪犯,他一共列举了五六个人名,其中就有你的大名。起初,我怀疑过另外一个家伙。但仅仅为了报复花崎检察官,根本不需大动干戈。而使用所谓的魔法,并且搞这么大动静,那只能是你!

"你想报复社会,于是跳到我的面前来。真由美担任我的助手,就是你决定报复的导火索。你深知,袭击真由美可一举两得。既会对花崎检察官造成伤害,又能打击我。对少年侦探团和小林芳雄,你也怀恨在心,伺机收拾他们。

"这世上仇视花崎检察官、小林芳雄和我的人,只有两个。说到这里,我干脆把真相挑明了吧!"

明智大侦探用手电筒对准浮出水面的魔人铜

锣，声音低沉，但十分严厉，仿佛猛兽般地喊道：
"这两个人，一个是怪盗二十面相，一个是怪盗
四十面相。其实，这两个家伙是同一个人——就
是你！"

少年侦探团万岁

　　原来，魔人铜锣是怪盗二十面相。在场的中村警部吓了一跳，简直不敢相信自己的耳朵。除了明智大侦探，没有人识破魔人铜锣的真面目。

　　明智大侦探示意中村警部派人拽出水里的二十面相。中村警部喊来几个警察，命令他们逮捕二十面相。这时，站在警察中间的一个少年跑过来与明智大侦探悄悄说了几句话，不知说了些什么。

　　他是谁？原来是少年侦探团的团长小林芳雄。

　　明智大侦探听完，笑着点点头说："这是个好主意，这很有可能发生。"

二十面相被拽出防空洞，警察给他戴上手铐，他耷拉着脑袋蹲在地上，周围站着三个警察。

二十面相抬起脸，望着明智大侦探说："明智，我中了你的诡计，没想到你的计划如此环环相扣，这回我认输了。可我还是会反击的，你最好记着。我有一个问题，请问，真由美和俊一姐弟俩到底被你藏在哪里了？大山里的那对是假的，防空洞里的一对也是假的。那真的究竟在哪里？我现在戴着手铐，周围又有这么多的警察，我已经走投无路了，你就告诉我吧。"

明智大侦探微笑着听完，答道："他们俩就在这儿。"然后，明智大侦探转头喊道："真由美、俊一，没事了，到我这里来吧！"话音刚落，昏暗的树林里钻出三个人影。明智大侦探用手电筒照着他们，一个是小林芳雄，一个是真由美，最后一个是俊一。

"原来在这里。前几天他们应该没有在这里吧？当时他们在哪里？"二十面相不甘心地问道。

"那好，我告诉你吧，他俩就在我的侦探事务所里。"明智大侦探说道。

二十面相听了连连摇摇头，表示不相信："别骗我了，你那里我搜查过好几回，根本就没有他俩的影子。"

"可他俩确实是在我那里。我的事务所里有许多密室，你不可能知道。不管怎么找，你是绝对发现不了那些密室的。我的事务所一共租用了好几个房间，这么多房间相连，是完全可以设计出几个密室的。"

二十面相不再问了。就在这时，真由美和俊一走下小山丘，走入少年侦探的人群里。

"喂，二十面相，站起来！警察厅的特别监狱正等着你呢！我为你带路，请快走吧！"中村警部大声说道。

在三个警察的押送下，二十面相乖乖站起来。他的前后都是警察，他走在中间。当他走下小山丘时，他突然撞开左边的警察猛地飞奔起来，手上的手铐也被他解开了。

黑暗中爆发出二十面相的狂笑声："啊哈哈

哈……我可是会用魔法的哟，打开手铐简直是小菜一碟。真由美在哪里？俊一呢？我现在就来抓你们！"

二十面相一边喊一边在院子里狂奔，寻找姐弟俩。少年侦探团和流浪儿别动队的少年们也大喊大叫，成群结队在院子里奔跑。

突然，人群里有一个少年掉队，害怕得蹲在地上不走了。

"呀，原来是俊一，我找你找得好苦啊，差点连命也搭上了！"二十面相一边叫，一边扑了上去。

他把少年夹在腋下，随即面向追赶而来的警察："你们听好了，人质在我手里。若要碰我一下，我就杀死他。怎么样？明智呢？你们知道我的厉害了吧！哈哈……如果你们想保住俊一的小命，就赶快往后退，让我出去！"

二十面相正得意忘形。这时候，黑暗里走出一个小个子，他用手电筒对准二十面相说道："喂，二十面相，请你好好辨认一下，你手里挟持的人质到底是不是俊一。难道俊一那么轻吗？"

二十面相大吃一惊，看了看自己腋下的人质，果然体重很轻。长时间浸泡在水里的他，精神紧张，根本没有留意，更想象不到院子里居然还有"俊一替身"的圈套。此刻，二十面相的脚步再也挪不动了，他的身体剧烈颤抖起来。

警察们迅速围上来，将二十面相重重地摁倒在地。警察们不再使用手铐，干脆用绳索将二十面相绑了个结结实实。接着，大家抬起二十面相，朝大门口的警车走去。警车里坐着中村警部和另外两名警察。他们押着二十面相驶向警察厅。终于，二十面相再也无计可施了。

花崎检察官家的院子里，少年侦探团和流浪儿别动队的少年们正围着小林芳雄和明智大侦探说着什么。花崎检察官夫妇俩朝他们走来，受到少年们重点保护的真由美和俊一冲出人群，激动地朝爸爸妈妈跑去。

花崎检察官抱住他俩的肩膀，对大家说了一连串感激的话："明智先生，小林芳雄，少年侦探团和别动队的各位少年们，衷心感谢你们！今天，是我一生中最高兴也是最难忘的日子。"

"这一回的大英雄应该是别动队的安公！"明智大侦探握住安公的小手，把他介绍给花崎检察官。花崎检察官抚摸着安公乱蓬蓬的头发，连声道谢。然后，他牵着安公的小手，请大家进会客室休息。正当大家走进会客室时，只见一个用人兴冲冲地走来："花崎先生，警察厅的中村警部来电话了，他说二十面相已经被他们关押在警察厅的地下监狱里了，请大家放心。"

少年侦探团和流浪儿别动队的少年们听说二十面相已经锒铛入狱，悬在半空中的心终于放下了。大家高兴得又蹦又跳，不约而同地大声呼喊："少年侦探团万岁！流浪儿别动队万岁！"

江户川乱步年谱

1894年　出生

本名平井太郎，10月21日出生于三重县名张市，为家中长子。父平井繁男，时任名贺郡官府书记员。母平井菊。

1897年　3岁

因父亲工作调动，举家搬迁至名古屋市。

1901年　7岁

4月，进入名古屋市白川寻常小学就读。

1903年　9岁

《大阪每日新闻》连载菊池幽芳的《秘密中的秘密》，母亲每晚都会念给他听，从此对侦探故事萌生了极大兴趣。

1905年 11岁

4月，进入市立第三高等小学。协助父亲采用胶版誊写版印刷和发行少年杂志。二年级时喜欢上了押川春浪的武侠冒险小说。

1907年 13岁

4月，升入爱知县立第五初级中学。读到黑岩泪香的《岩窟王》，印象特别深刻。

1908年 14岁

其父开设平井商店，主营进口机械的贸易销售，兼营外国保险代理和煤炭销售业务，并采购全套铅字，印刷和发行《中央少年》杂志。秋天，开始在学校附近租借宿舍，独立生活。

1910年 16岁

与要好同学坐船到中国的东北地区旅行。

1912年 18岁

3月，初中毕业。因喜欢出版事业，与同学到处奔走、筹备。6月，其父开设的平井商店破产倒闭。由于失去了学费来源，没有继续上高中。随父亲坐船到朝鲜马山，从事垦荒和测量工作。8月，只身赴东京勤工俭学，以优异成绩考入早稻田大学预备班，白天上学，晚上寄宿在东京都本乡汤岛天神町的云山印刷厂，逢休息日打工。12月，迁到春日町借宿，业余时间靠誊写挣钱。

1913年　19岁

春，与祖母在东京牛込喜久井町生活，重读黑岩泪香等著名作家写的侦探小说。曾计划印刷和发行《少年新闻报》。8月，预备班毕业，考入早稻田大学经济学专业学习。

1914年　20岁

春，与同学创办《白虹》杂志，利用业余时间阅读爱伦·坡、柯南·道尔等英国作家的短篇侦探小说。为了阅读侦探小说，辗转于各大图书馆，所做的笔记装订成册，称为《奇谈》。

1915年　21岁

其父回国供职于某保险公司，在牛込与全家一起生活。继续阅读外国侦探小说，并悉心研究"暗号通讯文书"的由来、规则和特点。

1916年　22岁

8月，毕业于早稻田大学经济学专业，入职大阪府贸易商加藤洋行。

1917年　23岁

5月，从加藤洋行辞职，在伊东温泉开始阅读谷崎润一郎的作品《金色之死》，执笔撰写电影评论文章。11月，入职三重县鸟羽造船厂电机部，参与内部杂志《日和》的编辑。

1918年　24岁

4月，其父再赴朝鲜工作。与鸟羽造船厂的同事组织"鸟羽故事会"，在各剧场、小学巡回。冬，在坂手村小学结识村上隆子。

1919年　25岁

辞职到东京。2月，与两个弟弟在东京本乡驹达町经营一家旧书店"三人书房"。7月，在书店二层编辑《东京PACK》杂志。11月，开设中华面馆。同年，与村上隆子成婚。

1920年　26岁

2月，入职东京市政府社会局。10月，关闭旧书店，入职大阪时事新报社，担任记者，经常与井上胜喜谈论侦探小说，开始撰写《二钱铜币》。

1921年　27岁

3月，长子平井隆太郎诞生。4月，在东京担任日本工人俱乐部书记。

1922年　28岁

8月，辞职后回到大阪府外守口町的父亲家，与父亲一起生活。9月,《二钱铜币》《一张收据》完稿,正式向某杂志社投稿,但未被采用。不久,改投《新青年》杂志,经审定采用。12月,入职大桥律师事务所。

1923年　29岁

4月,《二钱铜币》在《新青年》刊载,小酒井不木博士长文推荐。7月,《一张收据》在《新青年》刊载,辞去大桥律师事务所工作,入职大阪每日新闻社广告部。

1924年　30岁

4月,关东大地震,全家迁回大阪。7月,在《新青年》发表《二废人》。10月,在《新青年》发表《双生儿》。11月底,离开大阪每日新闻社,成为职业作家。

1925年　31岁

1月,在《新青年》增刊发表《D坂杀人事件》,名侦探明智小五郎首次登场。到名古屋拜访小酒井不木。之后,到东京拜访森下雨村,结识《新青年》派作家。2月,在《新青年》发表《心理测验》。3月,在《新青年》发表《黑手组》。4月,在《新青年》发表《红色房间》,与春日野绿、西田政治、横沟正史等作家发起创建“侦探兴趣协会”。5月,在《新青年》发表《幽灵》。7月,在《新青年》发表《白日梦》《戒指》。8月,在《新青年》增刊发表《天花板上的散步者》。9

月，在《新青年》发表《一人两角》，在《苦乐》发表《人间椅子》；其父逝世。10月，成立"新兴大众文艺作家协会"。

1926年　32岁

发表侦探小说《噩梦塔》（直译名《幽鬼之塔》）等多篇作品。12月，在《朝日新闻》上连载《畸心人》（直译名《侏儒法师》）。

1927年　33岁

3月，停笔，与妻平井隆子开设"宿舍租借有限公司"。不久，独自外出旅行，到日本海沿岸、千叶县沿岸等地；10月，到京都、名古屋等地；11月，与小酒井不木、国枝史郎、长谷川伸和土师清二等人创建大众文艺民间合作组织"耽绮社"。

1928年　34岁

3月，出售早稻田大学附近的宿舍。4月，买下东京户塚町源兵卫一七九号的房屋。同年，发表《丑角师》（直译名《地狱丑角师》）。

1929年　35岁

1月，在《新青年》发表《噩梦》。6月，发表处女随笔《恶魔王》（直译名《恐怖的魔王》）。8月，在《讲谈俱乐部》连载《蜘蛛男》。

1930年　36岁

5月，改造社出版《孤岛之鬼》。7月，在《讲谈俱乐部》连载《魔术师》。9月，在《国王》连载《黄金假面》。10月，讲谈社出版《蜘蛛男》。

1931年　37岁

5月，平凡社出版《江户川乱步选集》13卷。同年，出版《迷重重》(直译名《钟塔的秘密》)、《暗黑星》和《邪与恶》(直译名《影男》)。

1932年　38岁

3月，停笔，带全家外出旅游，先后到过京都、奈良、近江等地。

1933年　39岁

1月，加入大槻宪二创建的"精神分析研究会"，每月出席例会，并为该会《精神分析杂志》撰稿。4月，长子平井隆太郎升入大阪府立第五初中学校。同年，好友山本直一辞去博物馆工作，担任江户川乱步的助手。12月，在《国王》连载《红蝎子》(直译名《红妖虫》)。

1934年　40岁

发表《恐吓信》(直译名《魔术师》)、《黑天使》和《不归路》(直译名《死亡十字路》)。

1935年　41岁

1月，平凡社陆续出版《江户川乱步杰作选》12卷。6月，春秋社出版《人间豹》。9月，编写《日本侦探小说杰作集》，由春秋社出版，并发表长篇评论文章。

1936年　42岁

1月，在《讲谈俱乐部》连载《绿衣人》；在《少年俱乐部》连载《怪盗二十面相》。5月，春秋社出版评论集《鬼的话》。12月，讲谈社出版《怪盗二十面相》。

1937年　43岁

1月，在《讲谈俱乐部》连载《疆梦塔》(直译名《幽鬼之塔》)，在《少年俱乐部》连载《少年侦探团》。战争爆发后，政府当局对于出版物的审查越来越严格，江户川乱步的所有小说被禁止出版发行，不得不停止撰写侦探小说。为了生活，江户川乱步借用别名为少年儿童撰写探险小说。后来，当局只允许江户川乱步撰写防谍反特小说，在杂志和报纸决定连载前，必须经过外交部、内务部、警视厅和宪兵机构的联合审查，达成一致意见后方可使用江户川乱步的名字刊登。由于公开抗议，被勒令停止写作，结果只写了一部小说。

1938年　44岁

1月，在《少年俱乐部》连载《妖怪博士》。3月，讲坛社出版《少年侦探团》。4月，新潮社出版《噩梦塔》。9月，新潮社出版《江户川乱步选集》10卷。

1939年　45岁

1月，在《讲谈俱乐部》连载《暗黑星》，在《少年俱乐部》连载《蒙面人》。2月，讲谈社出版《妖怪博士》。

1940年　46岁

2月，讲谈社出版《蒙面人》。7月，因心脏不适住院治疗。10月，与同人创立"大政翼赞会"。

1941年　47岁

7月，非凡阁出版《噩梦塔》。12月，任东京池袋丸山町防空会长。

1942年　48岁

任东京池袋北町会副会长，以"小松龙之介"的笔名连载《聪明的太郎》。

1943年　49岁

与著名作家井上良夫书信往来，交流对欧美侦探小说的看法。8月，开始连载科幻小说《伟大的梦》。11月，东京大学文学部在读的长子平井隆太郎被征召入伍，为其举行送别会。

1944年　50岁

出任行政监察随员助手，后在町会领导下开设军需品加工厂生产皮革制品。

1945年　51岁

4月，家属被疏散到福岛，自己则只身留在东京池袋，继续担任町会副会长。6月，因病被疏散到福岛。8月，在病床上听到裕仁天皇宣布无条件投降，平井隆太郎从土浦飞行队退役。11月，举家迁回池袋。

1946年　52岁

6月，倡议成立"侦探小说星期六研讨会"，每月开一次例会。

1947年　53岁

6月，"侦探小说星期六研讨会"更名"侦探作家俱乐部"，被选举为第一届主席。11月，到关西等地演讲，普及和推广侦探小说。没有新作问世，但旧作再版达31部。

1949年　55岁

1月，在《少年》连载《青铜怪人》。6月，再度当选侦探作家俱乐部会长。11月，光文社出版《青铜怪人》。

1950年　56岁

1月，在《少年》连载《虎牙》。3月，在《报知新闻》连载《断崖》，为战后首部短篇侦探小说。12月，光文社出版《虎牙》。

1951年　57岁

1月，在《趣味俱乐部》连载《恐怖的三角馆》，在《少年》连载《透明怪人》。5月，岩谷书店出版评论集《幻影城》。12月，光文社出版《透明怪人》。

1952年　58岁

1月，在《少年》连载《怪盗四十面相》。3月，评论集《幻影城》荣获侦探作家俱乐部授予的"第五届优秀侦探小说勋章"。7月，辞去侦探作家俱乐部会长一职，任名誉会长。12月，光文社出版《怪盗四十面相》。

1953年　59岁

1月，在《少年》连载《宇宙怪人》。12月，光文社出版《宇宙怪人》。

1954年　60岁

1月，在《少年》连载《塔上魔术师》。10月，日本侦探作家俱乐部、东京作家俱乐部和捕物作家俱乐部联合主办"江户川乱步六十大寿庆典"，会上正式设立"江户川乱步奖"。《别册宝石》第四十二期杂志作为

"江户川乱步六十周岁纪念特刊",《侦探俱乐部》十二月号杂志也作为"乱步花甲纪念特刊"。著名作家中岛河太郎编纂和发行《江户川乱步花甲纪念文集》。11月,映阳堂出版《江户川乱步选集》10卷。12月,光文社出版《塔上魔术师》。

1955年　61岁

1月,在《趣味俱乐部》连载《影男》,在《少年》连载《海底魔术师》,在《少年俱乐部》连载《灰色巨人》。5月,举行首届"江户川乱步奖"颁奖仪式。11月,在三重县名张市举行"江户川乱步诞生地"树碑庆贺仪式。12月,光文社出版《海底魔术师》《灰色巨人》。

1956年　62岁

1月,在《少年》上连载《魔法博士》,在《少年俱乐部》上连载《黄金豹》。1月24日,"日本翻译家研究会"成立,出任研究会顾问。2月,出任"日本文艺家协会语言表述问题专业委员会"委员。4月,发表《英文翻译侦探小说短篇集》。8月,接任《宝石》杂志主编。11月,光文社出版《马戏团里的怪人》《魔法人偶》。

1957年　63岁

1月,在《少年》连载《夜光人》,在《少年俱乐

部》连载《奇面城的秘密》，在《少女俱乐部》连载
《塔上魔术师》。12月，光文社出版《夜光人》《奇面城
的秘密》《塔上魔术师》。

1959年　65岁

1月，在《少年》连载《假面具背后的恐怖王》。11
月，桃源社出版《欺诈师与空气男》，光文社出版《假
面具背后的恐怖王》。

1960年　66岁

1月，在《少年》连载《带电人M》。4月，出任东
都书房《日本侦探推理小说大集成》编辑委员。

1961年　67岁

4月，成为文艺家协会名誉会员。7月，出席"江户
川乱步从事侦探小说创作四十周年庆典"，桃源社出版
《侦探小说四十年》。10月，桃源社出版《江户川乱步
全集》18卷。11月3日，荣获日本政府颁发的"紫绶褒
勋章"。

1963年　69岁

1月，"日本侦探作家俱乐部"升格为社团法人"日
本推理作家协会"，被一致推选为第一届理事长。8月，
再次当选，坚辞不受，亲自提名松本清张接任第二届理
事长。

1965年　71岁

7月28日，突发脑出血逝世，戒名智胜院幻城乱步居士。获赠正五位勋三等瑞宝章。8月1日，在青山葬仪所举行日本推理作家协会葬，墓所位于多摩灵园。

译后记

我1981年8月考入宝钢翻译科从事翻译工作，1982年初开始从事日本文学翻译，1983年2月首次发表日本文学译作。四十余年来，我一直致力于中日民间文化交流，尤其是翻译了日本推理文学鼻祖江户川乱步的作品全集，由衷地感到欣慰和满足。

《江户川乱步全集》共46册，数百万言，历经数个寒暑才翻译完成。回首往事，第一天坐在桌案前写下第一行译文的情景仍历历在目。为了解江户川乱步的创作思想、创作背景和准确把握作品的神韵，除反复阅读其所有小说作品外，我还遍览《侦探推理文学四十年》《乱步公开的隐私》《幻影城主》《奇特的立意》和《海外侦探推理文学作家和作品》等乱步的随笔和评论集。并专程去了坐落在东京丰岛区池袋的江户川乱步故居考察,到日本国家图书馆查阅了有关江户川乱步的许多资料。

为了让更多的人了解江户川乱步,我在《新民晚报》先后发表了《江户川乱步,日本侦探推理文学的先驱》《日本的福尔摩斯》《江户川乱步的起步》《徜徉少年大侦探系列》《徜徉青年大侦探系列》,接受了腾讯视频、东方电视台、《上海翻译家报》、沪江网、日语界以及日本青森电视台、《东粤日报》、《朝日新闻》、《产经新闻》、《中日新闻》的相关采访。

鲁迅说:"伟大的成绩和辛勤劳动是成正比的,有一分劳动就有一分收获。日积月累,从少到多,奇迹就可以创造出来。"我历经数年辛劳翻译的这版《江户川乱步全集》,2004年4月被乱步故里日本名张市政府收藏,2020年10月又被日本驻上海总领事馆收藏,并荣获国际亚太地区出版联合会

APPA翻译金奖，其中的"少年侦探团系列"荣获国家新闻出版总署优秀少儿图书三等奖。

江户川乱步可以说是日本推理文学的代名词，江户川乱步奖是推动日本推理文学作家辈出的巨大动力，《江户川乱步全集》是世界侦探推理文学的瑰宝。希望通过这套《江户川乱步全集》，可以让更多的读者共同享受推理文学的乐趣。

2021年元旦于上海虹桥东华美寓所

图书在版编目（CIP）数据

魔人铜锣 /（日）江户川乱步著；叶荣鼎译. --济南：山东画报出版社，2021.4
（江户川乱步全集·少年侦探团系列）
ISBN 978-7-5474-3873-2

Ⅰ.①魔… Ⅱ.①江… ②叶… Ⅲ.①儿童小说 - 侦探小说 - 日本 - 现代 Ⅳ.①I313.84

中国版本图书馆CIP数据核字（2021）第055696号

MOREN TONGLUO
魔人铜锣
〔日〕江户川乱步 著 叶荣鼎 译

责任编辑 张雅婷
装帧设计 Pallaksch

出 版 人 李文波
主管单位 山东出版传媒股份有限公司
出版发行 山东画报出版社
    社 址 济南市市中区英雄山路189号B座 邮编 250002
    电 话 总编室（0531）82098472
       市场部（0531）82098479 82098476（传真）
    网 址 http://www.hbcbs.com.cn
    电子信箱 hbcb@sdpress.com.cn
印 刷 山东新华印务有限公司
规 格 787毫米×1092毫米 1/32
    5.75印张 80千字
版 次 2021年4月第1版
印 次 2021年4月第1次印刷
书 号 ISBN 978-7-5474-3873-2
定 价 32.00元

如有印装质量问题，请与出版社总编室联系更换。